岩 波 文 庫

32-560-3

ムッシュー・テスト

ポール・ヴァレリー作
清 水 徹 訳

岩 波 書 店

Paul Valéry

MONSIEUR TESTE

1946

目次

『ムッシュー・テストと劇場で』のための自筆セピア画
Paul Valéry, Éditions Gallimard, 1966.

ムッシュー・テスト

序（1）

この想像上の人物を、わたしは、なかば文学的で、なかば付き合いの悪い、というか……内にこもった青春のころつくりだしたのだが、いまや遠く消え去ったその時期以来、この人物はある種の人生によって生きつづけてきたようである、――この人物が語った言葉よりはあえて口を閉ざしたことに誘われて、ある読者たちがこの人物の身に想い描いた人生によって。

テストは、わたしが自分の意志に酔っていた時代に、奇怪な自意識過剰の渦中から、――オーギュスト・コントが幼時を過ごした部屋で――産みだされた。

わたしは正確をめざすという急性の病に冒されていた。理解への気違いじみた欲望の極限をめざして、みずからのうちに、注意力の臨界点を探っていた。

こうしてわたしは、いくつかの思考についてその持続をわずかなりと増大させようと、なしうるかぎりをやっていた。わたしにとって容易なものはすべて、どうでもいいもの、というかほとんど敵だった。努力感こそが求められるべきだと思えていたのであり、運

よく手に入った結果など、生まれついた力の自然な果実にすぎぬと、高くは認めていなかった。つまり、一般に結果なるものは、——したがって作品は——作り手のエネルギーにくらべれば、わたしにとってははるかに重要度の低いものであり、——そのエネルギーのほうこそが作り手ののぞむものの実質をなしていた。神学がほとんどいたるところに見出されるという事情を、これは証明している。

わたしは文学を疑っていた、詩というずいぶん精密な営みに対してまでそうだった。書くという行為は、つねに、ある種の《知性の犠牲》を要求する。たとえばだれもが知るように、文学書を読むための諸条件は言語への過度の精密さとは相容れない。知性はえてして日常言語には不可能な完璧と純粋を求めたがる。しかし、精神を緊張させなければ快楽をえられない読者などめったにいるものではない。わたしたちは何やら面白がらせなければ読者の注意を惹きつけられないし、こうした種類の注意は受け身なものだ。ところでまた、他人のうえに産みだすべき効果をめぐる配慮と、何ひとつ見落とさず、気どらず、情け容赦なく、みずからのありのままを認識し確認したいという情熱とのあいだに自分の野心を分割するのはけしからぬことと、わたしには思えた。

わたしは「文学」ばかりかほとんどすべての「哲学」を、わたしがこころから拒む

「曖昧なもの」「不純なもの」のなかに投げ棄てていた。伝統的に思弁の対象とされてきたものから刺戟を受けることはまずほとんどなく、わたしは哲学者というものに驚き、あるいはそういう自分自身に驚いていた。わたしにははじめからよくわかっていなかったのだ、このうえなく高遠とされる問題でさえ、じつはそれほど緊急重大ではなく、そうした問題の威信や魅力の大部分がある若干の約束事から借りてきたもので、哲学者の仲間入りをするためにはそうした約束事を覚え、受け入れねばならぬということが。青春とは、約束事がよくわからぬ時期、よくわかってはならぬ時期である。約束事に盲目的に逆らったり、あるいは盲目的に従ったりする。いくつかのことがらの恣意的な決定という基盤があって、はじめて、言語であれ社会であれ認識であれ芸術作品であれ、何かを創出することが人間に可能なのだが、ものを考えはじめた年頃では、これは何とも納得できない。わたしはというと、こうした事情が何とも納得いきかねたので、人びとと一緒の暮らしや他人との外的なかかわりから生まれても、ひとたび意志して孤独に立ち戻れば雲散霧消してしまうような意見とか精神の習慣は、すべて、つまらぬもの、軽蔑すべきものとひそかに見なそうという掟をつくりあげていた。そればかりではない、ただただ人間の苦痛や危惧、希望や恐怖が人間のなかに産みだし、うごめかしているだ

けで、事物と自分自身への純粋な観察によって自由に産みだされ、動かされているのではない観念や感情は、わたしには嫌悪の念なしに想うことができなかった。

それゆえにわたしは、自分が現に所有している特性へと自分を還元しようと試みていた。自分の才能などほとんど信頼せず、自己嫌悪に必要なものなら、自分のうちにいくらでも造作なく見つかった。しかし、明晰をめざす自分の限りない欲求、信念や偶像への軽蔑、容易への嫌悪とおのれの限界への感覚は、わたしのつよく頼みとするところであった。わたしは内部の島をみずからつくりあげ、それを踏査し強化することに時をついやしていた……

ムッシュー・テストは、こうした状態の最近の記憶から、ある日、生まれた。

そういう点で彼はわたしに似ている、――ある男の人間としてのありようが深く変質してしまった時期に、その男から種子を受けた子供が、そのようにおのれ自身から逸脱していた父親に似ているように。

例外的な時期に例外的に産みだされたものを、ときに、そのまま生に委ねることも、おそらくある。ある人びとの特異性、よい方向であれ悪い方向であれ偏差を示すその度

合が、そういう彼らを産みだした者たちの瞬間的な状態にときに由来するということも、結局のところありえぬことではない。このようにして、不安定なものは伝達され、何らかの道を生きてゆくのかもしれぬ。それに、精神の領界においては、これこそはわたしたちの作品の機能、才能の働き、仕事の対象そのもの、要するに、自分が手に入れたもっとも稀なものを自分の死後にまで生きのびさせようとする奇怪な本能の本質ではないか。

ムッシュー・テストに話を戻し、この種の人間の生存は現実では数十分以上つづくことはできないだろうと指摘したうえで言うのだが、こういう人間の生存とその持続にかかわる問題だけで、この人間に一種の人生をあたえるのに充分なのである。この問題そのものがひとつの胚珠なのだ。胚珠は生きてはいるが、うまく発育しかねる胚珠もある。その種の胚珠は何とか生きようとして畸形となり、そして畸形は死んでゆく。実際、わたしたちは、持続不可能というこの注目すべき特性を手がかりにして、はじめてそれを畸形と識別する。異常な存在とは通常の存在よりいくらか未来のすくない存在のことだ。そうしたものは、矛盾を隠しもつ多くの思考に似ている。そうした思考は精神のなかに産みだされ、いかにも正当かつ豊饒に見えるのだが、その帰結がそれらを滅ぼしてしま

う、現に存在しているということ自体がやがてそれら自身にとって不吉なものとなるのである。

――だれが知ろう？　数世紀このかた、多くの偉人たち、そして無数の小人物たちが苦しい努力を捧げてきたあの数々の驚くべき思想の大部分が、じつは、心理的畸形に他ならない、――わたしたちが質問能力を無邪気にふりかざし、ほとんどいたるところに適用して、――わたしたちは、分別をわきまえて、真に答えてくれるもののみに対して問いを発するべきなのだということに気づかずに――産みだしてしまう「怪物観念」に他ならないということを。

しかし、肉の怪物はすみやかに滅びる。とはいえそれらはいくらかは存在したのだ。彼らの運命について想いをこらすほど多くを教えられることはない。

なにゆえにムッシュー・テストは不可能なのか？――この問いこそは彼の魂だ。この問いがあなたをムッシュー・テストに変えてしまう。というのも、彼こそは可能性の魔そのものに他ならないからである。自分には何ができるか、その総体への関心が彼を支配している。彼はみずからを観察する、彼は操る、操られることをのぞまない。彼は、意識を意識自体の行為へと還元したときのふたつの価値、ふたつのカテゴリーしか知ら

ぬ、——可能事と不可能事のふたつだ。哲学はほとんど信用されず、言語はつねに告発されているこの奇怪な脳髄のなかでは、束の間のものだという感情をともなわぬ思考はほとんど存在せず、そこに存続するものといっては、期待と限定されたいくつかの操作の実行のほかはほとんどない。彼の激しく短い生命は、既知と未知との関係を設定し組織する機制《メカニズム》を監視することについやされる。それどころか、この生は、隠された卓抜な能力を行使して、無限というものが断じて姿を見せぬ孤立した一体系の諸特性を執拗に装うのである。

このような怪物について何らかの観念をあたえ、その外見と習性を描写すること、すくなくとも知性の神話のイッポグリフォやキマイラ(2)とでも言うべきものを素描すること、それは、無理を強いた言語、ときには思い切って抽象的な言語を創出するとまでは言わずとも、それを使用することを要請するし、——それゆえにまた許容する。それにはまた、くだけた表現も同じように必要だし、そればかりかわたしたちがわたしたち自身を相手にするとき平気で使用しているような俗悪な表現やしまりのない表現もすこしばかりは必要なのである。わたしたちは、自分のなかにいる人間に対して、いつでも心をくばっているわけではない。

このようなきわめて独特な条件に拘束されたテクストは、たしかに、原文で読んでもあまりやさしくない。まして、これを外国語に移そうと思うひとには、ほとんど乗りこえがたい困難をいろいろと示すにちがいない……

ムッシュー・テストと劇場で

デカルトの生活はこのうえなく単純である……(1)

馬鹿なことは得意ではない。たくさんのひとに会い、外国もいくつか訪れた。いろいろな事業に一役買ってみたが、どれも好きになれなかった。まあ毎日、飯を喰《く》い、何人か女と関係をもった。ふり返ってみれば、何百かの顔、二つか三つのなかなかの光景が眼に浮かぶし、二十冊ほどの本の中身も思い出す。わたしとしては、一番いいものだけを記憶にとどめたのではないし、一番ひどいものだけをそうしたわけでもない。残ることのできたものが残ったのだ。

こういう算術をしているから、年を取ってゆくのに驚かずにすむ。それにまた、わが精神の勝利の瞬間を数えあげ、それを集めて、はんだ付けをしたところを想像して、幸福なる生涯をかたちづくってみる……そんなことだって、やってみてできぬことはあるまい。それにしても、自分の判断はいつも誤ってはいなかったと思う。わたしは自分を見失うことはめったになかった。自分を嫌悪したこともあり、自分を熱愛したこともある。——やがて、われら両者ともに老いた。

何度もわたしは、自分にとってすべては終わったのだと想定しては、あらんかぎりの力をふりしぼって自分に終止符を打とうとした。ある苦しい状況を究めつくし、照らしだしたいという思いに駆られていたのである。おかげでわかったのだが、われわれは自分の考えるところを、何とあまりにも他人の考えの表現形態に従って、判断していることか！ そうわかるまでは無数の言葉がわたしの耳もとでぶんぶん唸っていたが、以後、それらの言葉に託された意味がわたしを揺りうごかすことはめったになくなった。そしてわたし自身が他人に向かって言葉を口にするたびにわたしの感じたのは、その言葉がどれもこれも、わたし自身の思考とはちがうということだった。——口に出したとたんに言葉は変えようがなくなるからである。

もし、ものごとの決め方が世の多くのひとと同じようだったら、わたしは自分を人並み以上と思っただろう、そればかりではない、世間の眼にもそう見えたことだろう。しかしわたしは他人より自分自身のほうを選んだのだ。世間がすぐれた人物だと呼ぶのは、みずからを欺いたひとである。すぐれた人物だと驚くためには、そのひとを見なければならぬ、——見られるためには当人みずからが姿を現さねばならぬ。そこで、そのひとは、自分の名前について愚かな妄想にとり憑かれているありさまを、わたしに見せてくださることになる。かくして、いかなる偉人にも間違いという汚点がついている。強力だと世に思われている精神は、どれも、まずはじめに、自分を世に知らせるという過ちを犯しているのだ。公衆からもらうチップと引き替えに、彼は自分をひとめにつかせるのに必要なだけの時間をわざわざ割き、自分の伝達と、なくてもいい満足感の下準備のためにエネルギーをついやす。ついには、栄光に照らしだされたぶざまな演技を、自分こそ他に類のない者と感じる悦びになぞらえるに到る、――まったく自分だけの大いなる悦楽と思いこんでしまうのだ。

　そこでわたしは夢想した、もっとも強靭な頭脳、もっとも明敏な発明家、もっとも正確に思想を認識するひとは、かならずや、無名のひと、おのれを出し惜しむひと、告白することなく死んでゆくひとにちがいない、と。そうした人びとの生き方がわたしに開示されたのは、他でもない、彼らほど志操堅固ではないため名声赫々《かっかく》たる生き方をしている人びとによってなのである。

　この帰結はじつに容易だった。結論の形成されてゆく過程が、毎秒毎秒、眼にはっきりと見えたほどだ。ふつうの偉人をまず想いうかべ、出発点で彼らが間違いという汚れに染まっていない、というか最初の間違いそのものに寄りかかっていない姿を想像してみるだけで、彼らより一段と高い意識、彼らほど粗雑ではない精神の自由の感覚が何であるかを理解することができた。こうした単純な操作をしてみただけで、まるで海底に降りたったような奇妙なひろがりが、わたしに開けてくるのだった。公けにされた幾多の発見のあまりの輝かしさに消されて眼につかないのだが、また他方で商売や危惧や倦怠や貧困が日々に産みだしてゆく目立たぬ発明のかたわらに、わたしは、内心の傑作がいくつも認められると思った。わたしは、世人の知る歴史を匿名の年代記の下に消滅させて、楽しんでいたのだった。

それは、透明な生活を営んでまったくひとめにつかず、孤独に生きて、世のだれよりも先がけて理《ことわり》を知っているひとたちだ。無名に生きながら、彼らはいかなる著名な人物をも二倍に、三倍に、数倍にも偉大にした人物だとわたしに思えた、——幸運をつかもうと、独自の成果を挙げようと、それを世に示すことなど軽蔑している彼ら。思うに、自分は、そこらへんにあるものとはちがう、などと考えるのは拒んだことだろう……

こうした考えがわたしの頭に浮かんできたのは、九三年十月、思考がただ思考として存在するのを楽しんでいただけの閑なころのことだった。

　やがて、そんなことも考えなくなりはじめたころ、わたしはムッシュー・テストと知り合った。（いまわたしは、ひとりの男が毎日小さな空間を動きまわって残してゆく軌跡のことを考えている。）ムッシュー・テストと親しくなるまえから、わたしは彼の独特な挙動に惹かれた。彼の眼や服装、彼の姿をよく見かけるカフェでギャルソンにぼそぼそと話しかけるちょっとした言葉に注意をこらしたのだ。はたして彼は観察されていると感づいているだろうか。わたしは眼を向こうの眼からすばやく逸らせては、追ってくるその眼をつかまえようとした。彼が読みすてたばかりの新聞をとりあげたり、ふとした折りの控えめな仕草を心のなかで反芻したりした。彼に注意をはらうひとなどひとりもいないことに、わたしは気がついていた。

　この種のことで知らないことがもうなくなったころ、わたしたちは付き合いはじめた。彼とは夜しか会ったことがない。あやしげなところで一度、劇場では何度も。ひとから聞いたところでは、週日は株式取引場でたいした額でもない売り買いをして暮らしているとのことだった。食事はヴィヴィエンヌ街の小さなレストランですませていた。その店で食事をする様子は、まるで下剤でも飲むように手早かった。ときにはほかの店へ出かけて、ご馳走を奮発し、ゆっくりと賞味することもあった。

　ムッシュー・テストはたぶん四十歳くらいだった。異常な早口で、しかも声が低くこもって聞きとりにくい。彼にあっては目立つところはまったくない、眼の表情も、手の動かし方もそうだった。とはいえ肩は軍人のようにがっちりしていたし、歩調の規則正しさには驚かされた。話をするとき、腕を挙げることも指を立てたりすることもない。操り人形は殺していたのだった。微笑むこともないし、今日はも今晩はも言わない。「お元気ですか」と言われても耳に入らないようだった。

　彼の記憶力はわたしに多くを考えさせた。いろいろな特徴を手がかりに判断できたのだが、彼の記憶力はいわば比類ない知的体操のおかげなのだと、わたしは想像した。彼にあって記憶力は生まれながらに極度にすぐれた能力ではない、——鍛錬され、もしくは改造された能力なのだ。以下は彼の言葉である。「二十年来、もう本をもっていない。自分の書いたものも焼いた。わたしは生ま身の自分を推敲するのです[2]……　残したいと思うものだけを記憶に残すのです。でも、一番むずかしいのはそういうことではない。明日になったら欲しがるものを、いま記憶に残しておくことです！……　わたしは機械的に選別する篩《ふるい》を探してきた……」

そういう彼の言葉をいろいろと考えたあげく、ムッシュー・テストはわれわれの知らぬ精神の法則を発見するに到ったのだと思うようになった。かならずや彼は、この探究に何年もの歳月を捧げたにちがいない。いやそれ以上に確かなのは、さらに何年かを、以前にもまして多くの歳月をついやして、自分の発明を成熟せしめ、みずからの本能たらしめたにちがいないということだ。発見など何ものでもない。むずかしいのは発見したものをおのれの血肉と化することである。

持続のつくりだす微妙な作用、つまり時間というもの、その配分と管理体制、——よりすぐった事象だけに時間をついやして、それらを特別に育ててゆく、——ムッシュー・テストの重大な探究のひとつがこれだった。彼はある若干の観念が反復して現れることに注目して、そういう観念に反復の数をたっぷりと注いだ。(3) これが役に立って、彼は自分の意識的研究の成果を最終的には機械的に適用できるまでになった。それどころか、彼はこの作業を簡潔な方式にまとめようとさえ思っていた。彼は口にしていた、「成熟サセルコト！……」

たしかに彼の特異な記憶力は、われわれの日々の印象のうちの、想像力だけではどうにも構築できぬ部分、ほとんどそういう印象だけをみずからのうちに残しておいたにちがいない。なるほど、気球に乗った旅を想い描こうとすれば、われわれは気球乗りが現実に味わうであろう多くの感覚を、明敏かつ強力につくりだすことができる。それでも、現実の上昇には、それとはちがう個人的な何かがついてまわるはずであり、現実の上昇とわれわれの夢想とのずれにこそ、エドモン・テストのごとき人物の方法の価値が示される。

　このひとは人間の可塑性とでも名づけうるものの重要性を早くから知っていた。彼はその限界と機構《メカニズム》とを探究してきたのだった。みずから自身の可鍛性に、いったいどれほど思いをこらしたことか！

　わたしは、思わず慄然とするようないくつかの感情、陶酔をもたらす実験に恐ろしいまでに固執する姿を、彼のうちにいくたびもかいま見た。彼は、みずからを変奏することに没頭する存在、みずから自分のシステムと化したひと、自由な精神の恐るべき規律にあますところなく身を委ね、しかも自分の喜びは自分の喜びで殺し、もっとも弱い喜びをもっとも強い喜びで、――もっとも甘美な喜び、つかの間の、つまり一瞬の、何かのはじまりかけたときの喜びを、根源的な喜びで――根源的な喜びへの期待で殺すようなひとであった。

こうしてわたしは、彼こそはみずからの思考の支配者だと感じていた。いや、こんな書き方は筋がとおらない。感情の表現はいつだって筋のとおらぬものだ。

ムッシュー・テストは何かにつけひとこと意見を述べるようなひとではなかった。思うに、彼が熱中することがあっても自分の意志に従ってで、しかもある一定の目標に到達しようとするために他ならなかった。彼は自分の個性をどうしてしまったのだろう？　自分をどう見ていたのだろう？……　一度だって笑わなかった、その顔に不幸の影がさしたことなど断じてない。憂愁《メランコリー》は憎んでいた。

彼が話しだす、するとこちらは、彼の考えのなかに引きこまれて、いろいろな事象と一体化してしまう感じがする。自分がみるみる後じさりに遠のいて、家々、空間のひろがり、街路の移りうごく色彩、そこここの街角……に溶けこむような感じがするのだ。そうして、このうえなく巧みにひとの心をほろりとさせる言葉、――その言葉を口にするひとをだれよりも身近に感じさせる言葉、精神と精神のあいだに立ちはだかる永遠の壁も、それを聞くと崩れ落ちてしまうと思わせる言葉、――そんな言葉までも彼の口から発せられることもあった……　そういう言葉を聞いたらどんな他者でも感動してしまうだろう、そのことを彼は驚くほどよく承知していた。彼が話しだす、すると追放の動機も範囲も明確にできないのだが、彼の話から多くの語が追いはらわれていることがはっきりと認められた。彼の使う語は、ときに、彼の声によってじつに奇妙に制御され、あるいは彼の話し方の調子によってふしぎな照明をあたえられるため、重さが変わり、意味が新しくなる。ときには本来の意味を失って、受け手の項もまだはっきりしない、というか言語の予測範囲を超えているような、いわば空虚な場をただ満たしているだけのように見えた。わたしは、あるとき彼が、一群の抽象名詞と固有名詞を使って、あるひとつの物体を指示するのを聞いたことがある。

彼の言うことに対しては、答えることなど何もなかった。儀礼的な相槌ははじめから相手に禁じているのだ。会話は飛躍しながらつづけられてゆき、彼のほうは一向に驚かない。

もしもこのひとが、その閉じた瞑想の対象を変えたとしたら、もしもいつも安定した精神の力を外部世界にふり向けたとしたら、彼に抵抗できるものなど何ひとつなかっただろう。こんなふうに彼の話をすると、まるで銅像など建てられる連中の話と同じになってしまうのは、何とも残念なことだ。わたしは痛感するのだが、世のいわゆる《天才》でさえ、彼とちがってずいぶん弱さをかかえている。このひとときたら、それほど真実なのだ！　それほど新しい！　いかなる瞞着、あらゆる幻惑にも汚されることがない、じつに鞏固なのだ！　わたし自身がこうして熱狂してしまうと、かえって彼の姿が卑俗に見えてくる……

　どうして熱狂を感じないでいられよう、――曖昧なことは断じて何ひとつ語らなかったひとに対して。静かな口調で「どんなものごとについても、それを認識するのが、実現するのが易しいか難しいか、わたしはただそれにしか関心がないね。難易の度合を測ることには極度の注意をはらっている、しかも何ごとにも執着しないようにしているんだ……　そもそも、よく知っていることなど、わたしに何の意味がある？」と言い放ったひとに対して。

　どうして夢中にならずにいられよう、――存在する一切をただ自分だけのために変形し、自分のまえに何が差し出されようと、それを手術してしまう、そんな精神の持ち主と見える存在に対して。わたしは想いうかべるのだった、この精神が事物を操作し、混ぜあわせ、変化させ、連絡をつけ、そしてまたみずからの認識の場のひろがりのなかで思うままに切断し、屈折させ、照らしだし、こちらは凍らせ、あちらは暖め、沈め、高め、名をもたぬものは名づけ、おのれの望んでいたものを忘れ、あれやこれやを眠らせ、あるいは彩る、そのありさまを……

わたしはいま、うかがいようもないさまざまな特性を大まかに単純化して語っている。わが対象がわたしに語りかけてくるすべてを語ることなどとてもできない。論理がみつからず足がすくんでしまう。

それでもわたしの内部でテストという問題が提起されるたびに、興味津々たる像がいろいろと形成されてくるのだった。

彼の姿がありありと思い出される日々がある。わたしの追憶にふたたび姿を現した彼が、わたしの隣に腰を下ろしている。わたしはふたりでくゆらす葉巻の煙を吸い、彼の言葉に耳を傾け、思わず居ずまいをただす。ときどき、新聞を読んでいて、彼の考えていたことに思いあたることがある。彼の考えていたとおりの事件がまさしく起こっていたのだ。そしてわたしは、わたしたちが夕べをともにしていたころ、自分でとても楽しんでいたあの想像上の実験のどれかひとつを、もう一度、試みてみる。つまり、実際に彼がやっているのを見たことがないものを想定し、それを彼がやっているところを想い描くのだ。加減が悪いとき、ムッシュー・テストはどうなるだろう？　——恋をしたら、どんなふうに思考するだろう？　——悲しくなるということなどあるのだろうか？

——どういうことを怖がるだろう？　——どういうことなら慄えるだろう？……　——わたしは答えを求めた。この厳格な人間の像《イメージ》をそのまま自分のまえに据えて、その像に、わたしのいろいろな問いかけに答えさせようと努めた……　すると、その像は変容していった。

彼が恋をする、彼が病む、彼が退屈する。だれも似たりよったりだ。それでもわたしとしては、溜め息にも、動物的な呻き声にも、彼なら全精神の規則と形象とを導入してほしい。

その夜、正確には二年と三カ月前、わたしは彼がひとから借りた劇場のボックス席(4)に一緒にいた。今日は一日中その夜のことを考えていた。

オペラ座の金色の円柱と一緒に、彼の立ち姿がありありと眼に浮かぶ。円柱ともどもに。

彼は観客席だけを見つめていた。穴の縁(5)に立って、吹きあげてくる巨大な熱気を吸いこんでいた。彼は真っ赤だった。

巨大な銅製の娘が、まばゆい光の向こうで何やらささやいている一群の人びとから、わたしたちを隔てていた。温気の底に女の裸の肌がひとかけ、すべすべした小さい石のように輝いていた。たくさんの扇が、明と暗の二色の世界のうえにとりどりに息づき、天井のシャンデリアのほうにまで泡を吹きあげていた。わたしの視線は、おびただしい数の小さな顔をひとつひとつ拾い読み、悲しげな顔にふと停まり、女たちのむきだしの腕のうえ、人びとのうえを走り、ついには燃えつきるように見えなくなった。

だれも彼も自分の席についたまま、わずかな身動きしかできない。わたしは、分類体系を、人間集団というもののほとんど理論どおりの単純さを、社会秩序を見てとって楽しんでいた。この立方体のなかで呼吸している一切が、これからまさしく、ここを支配する法則に服従しようとしているのだと感じてうれしくてならなかった、——いくつもの輪をつぎつぎと描いてどっと笑い、ここに一群れあそこに一群れとまとまって感動し、内密なことがら——無比のことがら——を、秘やかな心の動きを集団単位で感じとり、ついには言いしれぬものの高みにまでかけ昇ることになるのだ！　わたしは幾重にも層をなして重なっている人びとのうえに、一列また一列と、軌道を描いて視線をさまよわせ、彼らのなかから同じ病をやむ者同士、同じ理論をもつ者同士、同じ悪癖をもつ者同士……を集めてみたらどうだろうと空想をたくましくするのだった。ひとつの音楽がわれわれすべての心をうごかし、場内にみなぎり、やがて絶え入るように小さくなっていった。

それも消えた。ムッシュー・テストはつぶやいていた。「だれそれは美しいとか、並はずれているとかいうのも、みんな他人にとっての話だ。連中は他人に喰われている！」

この最後の言葉はオーケストラが途絶えた沈黙のなかから浮かび出た。テストは息をついた。

熱気と色彩にあおられて燃えたった彼の顔、幅のひろい肩、明かりで金褐色に染まった黒い姿、服を着て、太い円柱に倚りかかった、ひとかたまりをなす体全体のかたち、それがふたたびわたしを捉えた。この赤と金の巨大なひろがりのなかで毎秒毎秒感じられる一切のものを、彼は微細なひと粒たりとも見落としはしなかった。

わたしは見つめた、挨拶でもするように柱頭の彫刻(6)に寄りそうその頭蓋を、円柱の金泥で熱を冷《さ》ましているその右手を、それから緋色の暗がりのなかの大きな足を。遠くの観客席から彼の眼がわたしのほうに戻ってきた。その唇が語った。「規律というのも悪くない……そこから何かがはじまる……」

答えようもなかった。彼は低い声で早口に言った。「何て連中、楽しんで、おとなしくしていることか！」

彼はわたしたちの真正面に坐っているひとりの若者を長いあいだ凝視し、それからある婦人へと視線を移し、それからうえの桟敷席の一群――上気した顔が五つ六つ手すりから乗りだしていた――を見つめ、それから全員を、天空さながらに満ちあふれ、わたしたちは見ていない舞台に魅惑されて灼熱する劇場全体を見つめた。わたしたちを除くみんなが馬鹿のようにうっとりとしていることから、何だかとにかく崇高なものが、いまここで起こっていると、わたしたちに明かされたのだった。場内のすべての顔の照り返しがつくりだす陽光が、しだいに死んでゆくのを、わたしたちは見つめていた。そして、その陽光もすっかり傾き、もはや輝きを失ってしまうと、あとには、このおびただしい顔の放つ茫漠たる燐光が残るばかりであった。わたしは、場内のすべての人びとがこの黄昏に受け身になっていると感じていた。彼らの注意力とあたりの暗闇とがしだいに増大していって、ある持続的な均衡をつくりだしていた。わたし自身も必然的に注意深くなっていた、――こうした注意力全体に対して。

ムッシュー・テストが言った。「崇高なるものが連中を単純化している。断言してもいい、連中の考えるところは、そろって、しだいに同じことがらのほうへと向かってゆくんだ。やがては危機だか共通の限界だかをまえに、ずらりと等しなみに並ぶことになるのさ。もっともこの場合、法則はそんなに単純じゃないぞ……このわたしにはおかまいなしなんだから、――で――わたしは現にここにいる」

彼は言いそえた。「照明があの連中をつかまえている」

わたしは笑いながら言った。「あなたも、でしょう？」

彼が答えた。「あなたも、ですよ」

――「劇作家になったらすごかったでしょうね！」と、わたしは言った。「ありとあらゆる科学の最前線で何だか実験が行われていて、あなたがそれを監視している、というふうなんですよ！　あなたの瞑想に想をえたお芝居を見てみたいものだ……」

彼は言った。「瞑想にふけるひとなど、いなくなってしまった」

喝采と場内一面についた明かりがわたしたちを追い立てた。通路をぐるりとまわり、下に降りた。道行く人びとは屈託なげだった。ムッシュー・テストは、夜遅くなると寒いと、すこしこぼした。昔わずらった病気のことをほのめかした。

わたしたちは歩いていった。ときおり彼の口からこぼれる言葉には、ほとんど脈絡がなかった。いくら努力しても、ついてゆくだけで精一杯で、結局、その言葉を記憶にとどめておくだけにした。ある話が脈絡に欠けるかどうかは、その話を聴く者による。思うに精神とは、自分自身にとって脈絡に欠けることはありえない、そういう出来のものだ。だからわたしはテストを気違いに分類するのは差し控えた。それに、彼の考えることのつながり具合は、わたしにはぼんやりとうかがわれて、そこにいかなる矛盾も見あたらなかった、——それにまた、あまりに単純に割り切るのを自分で危惧していたのだろう。

わたしたちは、穏やかな夜の街並をすすみ、街角にくると、がらんとしたなかに本能的に道をかぎわけ、つぎつぎと曲がっていった、——ひろいほうの道、せまいほうの道、ひろいほうの道と。軍隊式に歩調をとる彼の歩き方がわたしの歩き方を支配した……

——「それにしても」と、わたしは答えた、「あんな強力な音楽から、どうやって逃げられるというんです！　それに、なぜ逃げる必要がある？　あの音楽には独特の陶酔があるのに、それを軽蔑しなければいけないんですか？　あれを聴いていると錯覚が起こる、途方もない営みが、突然わたしにだって可能になるかもしれない、と……　あの音楽はいろいろな抽象的感覚をわたしに惹きおこし、あらゆるわたしの好きなもの――変化だとか、運動だとか、混同だとか、流動だとか、変形だとか……――を魅惑的な形象として見せてくれる。麻酔をかけてくれるものがこの世にあるということを、あなたは否定なさるのかしら？　見る者を酔わせる樹々、力をあたえてくれる男たち、心をしびれさせる娘たち、啞然としてものも言えぬ空の色といった……」

ムッシュー・テストはずいぶん声高に言い返した。

「おやおや！　あなたの仰る樹々とか――そのほか何だとか、かんだとか……――それの《才能》なんか、このわたしにはどうだっていい！　わたしは自己という名の家に住み、わたしの国語をしゃべる、並はずれたことは大嫌いだ。そういうものは脆弱な精神の欲しがるものですよ。いいですか、わたしの言うことを言葉どおりに信じてくれたまえ。天才は容易なことだ、神であるのは容易なことだ……　わたしの言いたい意味は単純でね――そういうものをどう理解するか、それをわたしが知っているという意味ですよ。簡単なことさ」

「昔は――もう二十年にもなる――だれか他のひとが水準以上のことをなしとげてしまう、それはわたしが個人として敗北したことだった。以前は、どこを見ても、わたしの考えがいつのまにか盗まれたものだとしか思えなかった！　馬鹿げてましたね！……自分がひとにどう映るかなんてどうでもいいのに、それが駄目とはね！　想像のうえで他人と戦うとき、われわれは自分自身のイメージを過大評価するか過小評価するか、どちらかなんだ！……」

彼は咳をした。彼は呟いた。「ひとりの人間に何ができるか？……　ひとりの人間に何ができるかというんです！……」彼はわたしに言った、「自分が何を言っているのかわかっていない、ということがわかっている人間！——そういう人間がひとり、あなたの知り合いなんだ！」

わたしたちは彼の家の扉口まで来た。葉巻でも一服しに来ないかと、彼はわたしを誘った。

建物の一番上まで昇って、わたしたちの入ったのはとても狭い《家具付》貸部屋だった。本は一冊も見あたらなかった。例のごとく机のまえに坐り、ランプの下で、書類やペンに埋もれて仕事をする、そんな様子をうかがわせるものはまったくなかった。薄荷の匂いのする、緑がかった壁紙のこの部屋には、蠟燭を中心に、抽象的な陰気な家具——ベッド、振子時計、鏡付き衣装簞笥、肘掛椅子が二脚——が、まるで観念的存在のように置かれているだけだった。暖炉の上には新聞が数枚、数字をびっしりと書きこんだ十数葉の名刺、それから薬瓶がひとつ。任意のものという印象をこれほどつよく受けたことはなかった。それは任意の住居であった、数学で言うところの任意の点と同じ意味の、――そしておそらくそれと同じように有効な、任意の住居。わたしを招いたここの主人は、もっとも一般的な室内に生きているのだった。わたしは彼がこの肘掛椅子の上で過ごす時間を想った。この純粋にして平凡な場所で無限の悲しみを感じとることもありうるのだ、そう思うと怖くなった。わたしもまた、このような部屋で暮らしたことがあるが、これが自分のついの住処かと思うだけで慄然としたものだった。

ムッシュー・テストはお金の話をした。その独特な雄弁を再現してみることはわたしにはできない。ただ、その日の言葉はいつもより厳密さを欠くように思えた。疲労、時とともに濃くなってゆく静寂、苦い葉巻の味、夜の放心が彼に押し寄せているようだった。低く抑えた声でゆっくりと語る彼の声が、いまも耳もとに聞こえる、――向き合ったわたしたちのあいだに蠟燭がたった一本だけ燃えていて、彼が途方もなく大きな数を無気力に引用すると、蠟燭の焔がゆらぐのであった。八億一千七万五千五百五十……わたしは計算は追わず、ただこの未聞の音楽に耳を傾けていた。彼はわたしに株式市場の変動のありさまを伝えていたのだが、数詞の長い行列はまるで一篇の詩のようにわたしを捉えた。いろいろな出来事、産業界の動向、大衆の好み、そしてまたときどきの熱狂、さらにいくつもの数字を挙げて、それらを関係づける。彼は言った、「お金は社会の精神のようなものだ」

突然、彼は黙った。苦しそうにした。

そういう彼を見まいとして、わたしは、寒々とした部屋、家具の味気なさを改めて見まわした。彼は薬瓶をとって、飲んだ。わたしは立ちあがって帰ろうとした。

――「まだいいでしょう」と、彼は言った、「気になさらないで。わたしはベッドに入ります。たちまち眠ってしまいますよ。そうしたら蠟燭をもって、降りていけばいい」

彼は静かに服を脱いだ。痩せた身体がシーツのあいだで泳ぎ、死んだようになった。それから寝返りを打って、短いベッドのなかにさらにもぐりこんだ。

彼は微笑みながら言った。「浮き身の恰好です。ほら、浮いた！……　身体の下に横揺れがかすかに感じられる、――いや、途方もないうねりかな？　眠るのはせいぜい一時間か二時間、そうやって夜の航海をするのが大好きでね。いま考えていることが眠りこむ前と同じかどうか、しばしばもう区別がつかなくなる。自分が眠ったのかどうかもわからない。昔はうとうとしながら、いろいろと愉しかったことを、人びとの顔つき、あんな物こんな物、あの瞬間この瞬間と考えたものだ。そんなことを想い起こすのは、自分の考えていることができるだけ穏やかになり、ちょうどベッドにいるように楽になりたいからです……　わたしももう歳だ。もう歳だと感じていることを、あなたに証明してもいいが……　そうそう、覚えがあるでしょう！——子供のころは自分を発見する、身体のひろがりをゆっくりと発見してゆく、自分の身体の個別的な特徴を、いろいろと身体を動かしてみて、ひとつひとつ表現する、というんですかな？　身体をねじっては、自分の身体に気がつく、というか、あ、これが自分の身体なのかとわかって、びっくりするんです！　踵《かかと》に触ってみる、左手で右足をつかんでみる、暖かい掌のなかに冷たい足がいるんだな！……　いまでは自分の身体は諳《そら》んじてます。心のことだって同じだ。やれやれ！　この地球はどこもかしこも標識がついている、ありとある国旗が、ありとある地所に何かひとつひるがえっている……　残るはわがベッドのみ。眠りとシーツがこうやって流れるのが好きなんだな。ぴんと張ったかと思うと、しわが寄り、もみくちゃになるこのシーツ、——わたしが死んだふりをすると、そいつがまるで砂みたいにわたしの上に降りてきて、——眠りこんだわたしのまわりに凝固してくる……　ずいぶん複雑な仕掛けですよ、こいつは。緯糸《よこいと》か経糸《たていと》の方向に、ごく小さな変形が……あっ！」

彼は苦しそうにした。

「どうなさったんです？」と、わたしは彼に言った、「何かわたしに……」

「いや」彼は言った……、「たいしたこと、ありません。その……十分の一秒くらいかたちを取ってくる……　ちょっと待って……　身体が輝きだす瞬間があるのだ……じつに興味ふかい。突然、内部が見えてくる……いくつもの層をなしたわたしの肉体の深さが、はっきり見えてきて、苦痛の領域が、苦痛の環、電極、放電する火花が感じられる。そういう生きた形象、わたしの苦痛の幾何学が、あなたには見えますかな？　観念にそっくりよく似た閃光もある。そいつがわからせてくれるんですよ、——ここから、そこまで、だって……　けれど、そんなふうに閃光が走っても、このわたしは不確定なまま放っておかれる。不確定って言葉じゃあ、ぴったりしないいな……　そいつが来そうになると、わたしの内部に何か錯雑としたもの、拡散したものが見つかるんですよ。わたしの存在のなかに、いくつか……ぼうっと霧のかかった場所ができてくる、いくつかの広がりがあちこちと出現してくるんです。するとわたしは、記憶のなかを探って何かある疑問、何でもいい、ある問題を見つけだす……　そこにもぐりこむ。砂粒をひとつひとつ数えて……で、砂粒が見えているかぎりは……　――苦痛がだんだん激しくなってきて、その苦痛に注意を注がずにはいられなくなる。考えるんですよ、その苦痛を！――あとはもう、叫び声のあがるのを待つだけ、……そして、叫び声が聞こえたとたんに――対象は、このひどい対象は、たちまち小さくなり、さらに小さくなって、わたしの内部の視界から消えてしまう……」

「ひとりの人間に何ができるか？　わたしはあらゆるものと戦い、打ち負かします、――もっとも、ある量を超えた身体の苦しさは別ですがね。でも、そこのところが、わたしの出発点とならなければいけない。なぜなら、苦しむというのは、何かあることに極度の注意をはらうことなんで、このわたしには、注意力のひと、といったところがあるんですから……　いいですか、わたしは未来の病気をまえから予測していた。いま世間のみんなが信じて疑わないことは、以前わたしが明確に考えてみたことですよ。わたしは思うんですが、かならず起こると明白な未来のある部分について、このような見通しを抱く、これは教育の一部に加えられるべきでしょうな。そう、いままさに始まりつつあること、それをわたしはずっとまえに予測していた。予測したときは、どうということはない、等しなみの観念でした。だから、こうやっていまに到るまで、そいつを追いかけてこられた」

彼は静かになった。

彼は横を向いて身体を折り曲げ、眼を伏せた。それから一分もすると、また話しはじめた。ときどき、わけがわからなくなりだした。その声はもはや枕に向けられた呟きにすぎなかった。赤くなった手はすでに眠っていた。

彼はまだ口をきいていた。「わたしは考える、で、それは何の邪魔にもならぬ。わたしはひとりきりだ。孤独というのは何と気持のいいものか！　優しくやわらかなものがのしかかってくる、なんてことはまったくない……　ここで夢想にふけるのは、船室のなかと同じだ、カフェ・ランベールと同じだ……　ベルトみたいな女の両腕、そいつがのさばってくると、こちらはやられてしまう、——苦痛にやられてしまうのとそっくりだな……　わたしに話しかけても、何も証明できない、——そんな奴は敵だ。どんなに小さなことだろうと、そいつがはっきりと産みだされるときの輝きのほうが好きだ。わ

たしはいま存在しつつあり、そういうわたしを見つつあり、わたしを見るわたしを見つつあり、以下同様……　できるだけ細かく考えてみよう。やれやれ！　どんなことを考えていても眠るものだ……　眠りはどんな考えも、そのまま続けてゆく……」

彼は静かにいびきをかいていた。その音よりもうすこし静かに、わたしは蠟燭をとり、足音を忍ばせて外に出た。

友の手紙(1)

いま、きみからずいぶん遠い。ついこのあいだは話しあっていたふたりなのに、いまはこうしてきみに手紙を書いている。そう思いたければ、これはずいぶん妙なことです。すぐにわかるように、わたしはいま、いろいろと驚きやすい気分になっている。かなり長いあいだ留守にしたあとで、このパリに戻ってくる、そのこと自体がわたしには形而上学的に思えたのです、――暗黒のうちに一晩を騒音と動揺の犠牲に献げた、そんな具体的な帰りの旅のことだけを言っているのではない。生きた身体が動かぬまま、生命をもたぬ動く物体に身を委ねて、運ばれてゆく。特急列車は「都市」という固定観念にとりつかれているんですね。われら乗客はそいつの理想の虜となり、そいつの単調な憤激の玩具と化してしまう。舞台の袖で打ち鳴らされる無数の音、そしてまたあのリズム、あのリズムの切断、あの機械的な脈動と呻き、――どんな工場か知らないけれど、いわば速力製造場の狂わんばかりの騒音のすべて、そういうものを辛抱しなければいけないんです。回転する幻、虚空に流しこまれる視像、つぎつぎとむしり取られてゆく光

に酔っぱらう。この金属体は、闇のなかの進行に鍛造されて、個人個人の荒々しい「時間」が堅固で深い空間的距離を攻撃し、分解してゆくさまを夢見させる。過剰なまでに昂奮させられ、酷使にうちひしがれて、脳髄は、独力で、知らず知らずのうちに、必然的に、まさしく現代文学そのものを産みだしてゆく……

ときどき、感覚が停車する。さんざん揺られつづけても、どこに行きつくわけでもない。移動の総計は無限の繰り返しよりなる。一秒一秒が次の一秒一秒を説き伏せにかかるんです、けっしてどこにも到着なんかしないって……

おそらく永遠とか地獄とかは、何か不可避な旅を素朴に表現した言葉なんでしょうね？

それでも、暗闇のなかであんなにひどく骨と観念を揺すぶられたあげくに、太陽とパリが、ついに、浮かびあがってくるという仕掛けなのです。

けれど、精神という存在が、――つまり人間のなかにいる小さな人間だけれど、――（わたしたちが認識というものを大ざっぱに想像する場合、かならずそこにはこの小さな人間がいると想定されている）、これはこれで、そのありようを変化させてしまうのです。この精神という小さな人間は、意識とはちがって、変幻する多くの視像や、どよ

めき乱れるさまざまな現象のなかを動きまわることはまったくしない。そいつは、その本性に従って、その本性そのもののなかを、旅します。そいつの活動ぶりを想い描けたら、われながらご立派ということになるんですが。その活動ぶりをきみに細かく描いて見せてあげられれば、わが自惚れはかぎりなく増大することになるところですが。もっとも、いまはそんなことが問題なのではない……

そこで自分なりに想い描くんですが、わたしたちが居場所を変えるときの感情には、ある未知の、しかもわたしたちに本質的な実質のなかで、微妙な分離と再結合の働きがともなっているのです。奥深いところで行われている分類作用、そいつが変容する。出発が決まったとたんに、まだ身体のほうはすこしも動きだしていないうちに、やがてまわりのすべてが一変すると考えるだけで、わたしたちの隠れたシステムに、あるふしぎな変更が通達されることになる。ここからやがて立ち去る、そう感じるだけで、まだ手で触われる一切のものが、いわばつい隣にあったその実在性をほとんどたちまちのうちに失ってしまうのです。まるで、それらの現前性の能力が打ちのめされたとでもいうように、能力のいくつかが消え失せてしまう。昨日はまだ、きみはわたしのそばにいたのに、それでもわたしの内部には、もはやきみとは長いあいだ会うこともあるまいという気持にすっかりなっている秘密の人間がひとり生まれていた。すこし経てば、もうきみの姿は見あたらないというのに、わたしはきみと握手など交わしていたのです。そのときのきみは不在の色に染められ、まるで目前の未来などまったくもっていない身というふうに、わたしには見えた。すぐそばから見ていたきみが、遠くに見えたのです。きみの眼差は同じだったのに、もう持続を含んではいなかった。きみとわたしのあいだには、ふたつの距離があるかのように思えました、まだ感じとれぬ距離と、はや途方もないものとなっている距離とのふたつが。そして、ふたつの距離のどちらをより現実的と見なすべきか、わたしにはわからなかった……

　旅行中、わたしは自分の魂の期待が変質するのを観察しました。いくつかの発条《バネ》がゆるみ、いくつかの発条は張りつめていた。わたしたちの無意識の予測、偶然の驚きが、奥深いところで、その位置を交換する。もしかりに明日きみに会ったら、ほんとうにひどい不意打ちを喰らったような気になることでしょう……

　パリに着く数時間まえ、突然わたしは、自分がパリにいると感じた。この旅行のあいだにすこし消えかかっていた自分のパリっ子気質を、はっきりと取り戻していました。思い出みたいに縮小されていたのが、いまや、活き活きとした価値、毎分毎秒利用すべき源泉へと戻っていたのです。

抽象的な類推の魔というやつは、何たる魔物でしょう！——ご存じのように、そいつがときどき何ともわたしを苦しめる！——わたしのうちで起こるこの定義しがたい変質を、若干の精神的な蓋然性の突然の変化と比べてみたらどうかと、こいつはわたしにささやきかける。ある返事、ある動き、わたしたちの顔のある表情は、パリにいるときなら、わたしたちの印象の瞬間的な結果なのだけれど、一旦田舎に引きこもってしまうと、あるいは充分にはなれた環境に身を置いた場合には、もはやそれほど自然なものではなくなります。自発的に行うことが、もはやまえと同じではない。わたしたちは、おそらく間近にあるものに対してしか、答える用意ができていないのです。

ここから奇妙な結論をいくつか引きだせるでしょう。もしだれか大胆な物理学者が、生きた人間を、いやさらには人間の心までを、自分の構想のなかに導入しようとしたら、おそらくは彼は、ある隔たりを、何かある内的な配分によって定義しかねないでしょう……

どうだろうきみ、ひどく怖い気がするんだけれど、わたしたちは、わたしたちを知らぬ多くのものによってつくられているのではないかしら。だからこそ、わたしたちはわたしたち自身を知らないのだ。もし、そういうものが無限にあるとしたら、いかなる思索も空しいね……

こういうわけでわたしは、自分がちがう生活システムによって捉え直されつつあるのだと感じ、このパリへの帰還の旅を、いわば、いま自分が戻ってゆく世界についての夢のようなものとして認識していました。言語生活が、他のどんなところよりも強力で多彩、活動的で気まぐれにみちた一都市が、きらめきわたる混沌という観念をとおして、わたしのなかで、しだいにかたちをととのえてきた。汽車の耳ざわりな呟きが、さまざまなイメージに飾られたわたしの放心状態に、まるで蜂の巣箱に似たざわめきを伴奏として添えてくれるのでした。

わたしたちはいまうわさ話の雲をめざしてつき進んでいる、わたしにはそんなふうに思えた。無数の栄光が繰りひろげられ、無数の作品標題が一秒ごとに現れては、巨大化するこの星雲のなかに朦朧《もうろう》と姿を消してゆく。こういう常軌を逸した騒がしさを、さあ、わたしは眼にしているのか、耳にしているのか。わめきたてるさまざまな文章、言葉が人間であり、人間たちは名前であり……　このパリには、文学と科学と芸術、そして一大国の政治が、他の都市をつきはなして集中している、およそこの地上に、ここほど、言語活動が激しく行われ、反響がつよくこだまし、つつしみが忘れられているところはない、そうわたしは考えました。フランス人は自分たちのありとあらゆる観念をひとつの囲いのなかに集めてしまったのです。わたしたちはそういう囲い地のなかで、自分たちの火に焼かれながら生きている。

言う、繰り返し言う、反論する、予言する、悪口を言う…… こうした動詞を全部一緒に使えば、蜂の巣を突っついたような天国と言葉のざわめきを要約してくれます。数多くの精神の混沌たるありさまを想い描くほど疲れることがありましょうか？ ――この喧噪のなかでは、思考のひとつひとつが、同類、反対者、先行者、後継者を見つけるんです。あまりに多くの類似、あまりに多くの意外さゆえに、思考は意気阻喪してしまう。

本質的にそれぞれ独自な一万もの精神がてんでに支えている、この比類ない無秩序を想像できましょうか？ この場所で、これほど途方もない数の自尊心たちが、たがいに比べあっていると、温度がぐんぐん上がってゆく、そのありさまを考えてもみてください。おのれの運命に呼び招かれて気ちがいじみた職業に従事することになった華々しい不幸者たちの多くを、パリは、閉じこめ、結びあわせ、使い果たし、焼きつくす……

わたしが「気ちがいじみた職業」と名づけるのは、自分自身についての意見を主要な武器とし、他人たちがこちらについて抱く意見を原料とするすべての職業のことです。この職業に従事しているひとたちは、いわば永遠の立候補に身をささげながら、当然、偉大でありたいというある種の妄想に悩まされているのですが、そういう妄想がまた、ある種の被害妄想にたえず憑きまとわれ、苦しめられているありさまです。このそれぞれに独自なる連中のあいだで支配しているのは、かつてだれもやったことがないし、これから先もだれもやらないようなことをなしとげるべしという法則です。すくなくともそれが、彼らのうちのもっとも優れた人びと、つまり決然として何か馬鹿げたことをやってのけようという意志を抱く連中の掟なのです……　他とはちがう、自分たちだけなんだという幻想、——というのも、優越性とは、ある種の実際的な限界のうえに位置する孤独以外のものではないからですが——彼らはそういう幻想を獲得し持続させる、ただそれだけのために生きているのです。彼らは、それぞれに、他者の非存在のうえに、おのれの存在をうち建てているのですが、そのためには他者から、その他者が存在していないという承認をもぎとらねばならない……　よく注意してください、わたしは、見ればわかることのなかに含まれていることを演繹しているだけなんです。もし疑わしいのなら、考えてごらんなさい、ある特定の個人によってしか絶対にできない仕事、人間の特殊性に依存する仕事がいったい何をめざしているのか？　希少性というものに基礎を置く階級制度の真の意味をお考えください。——わたしはときおり、わたしたちの心を物質的なかたちで想い描いて楽しんでいるのですが、わたしたちの心は奥深いところでは、巨大な不正と小さな正義との結びつきでできているのです。わたしたちひとりひとりのなかには、他の多くの原子より重要な一原子があり、それはなんとかして分離しようとしているふたつのエネルギー粒子からなりたっている、そうわたしは想像しています。相反する、しかし分割不能のエネルギー粒子。気ちがいみたいに反目しあっているのに、自然がそのふたつを永遠に結びつけてしまった。一方は大きな陽電子の永久運動で、この運動が一連の荘重な音を出し、内的な耳は何の苦もなく、奥深く単調な言葉、——わたししかいない。わたししかいない。わたししかいない、わたししか、わたししか……と単調に繰り返す言葉をそこに聴きわける。根源的に陰極の側にある小電子のほうはというと、その陰電子はあらんかぎりの鋭い声で叫び、このうえなく残酷に、陽電子の「わたし」「わたし」という主旋律を突き刺し、また繰り返し突き刺すのです。こんな具合に、——なるほど、でも、かくかくの、だれかがいる……　なるほど、でも、かくかくの、だれかがいる……　かくかくの、かくかくの、かくかくの。かくかくの、だれか他者が！……　名前というのは、よく変わるものですからね……

　奇妙な王国じゃないですか、そこでいくらお見事なものが産出されたって、どれもこれも、ただひとりを除くすべての魂にとって苦々しい糧なんですよ。それらがお見事であればあるだけ、それだけ糧の味は苦々しい。

　まだあります。死すべき人間というのはだれもかれも、自分の機構の中心のすぐそば、自分の人生という航海のためのさまざまな器具のあいだのしかるべき場所に、自己愛のありようを表示してくれる、信じがたいほど敏感な小さな装置を備えている、そんなふうにわたしに思えるのです。その装置の目盛りを読めば、どれくらい自分を偉いと思っているか、自分を愛しているか、自分をひどく厭がっているか、自分を生活から抹殺しているか、それがわかる。そして、ある生きた指針が、秘密の文字盤のうえでふるえながら、動物を示すゼロの点と神を示す極大の点のあいだを、おそろしいほど迅速に往復しているのです。

　そこでですね、もしもきみが、多くのことがらについて何かを理解したいとおのぞみなら、これほど活き活きと敏感な装置が、じつはだれでも使える玩具なのだと考えなければいけない。

そして、ふつうのひとなら、針はこっちの点を指していると断言するけれど、それとちがって、まったく正反対の点をこの隠れた針がいつも指している、そんな奇妙なひとたちが、たぶん、いるのです。そういうひとたちは、みんなから尊敬されるまさしくそのときに、自分を憎み、反対の場合には反対になる。でも、すべてにあてはまる法則なんてもはや存在しないと、わたしたちは知っています。もはや、近似的な法則しかないのです……

そして汽車はあいかわらず走りつづけました、ポプラも雌牛も納屋も、あらゆる地上のものを激しく投げ捨てながら、まるで喉が渇いて、純粋精神めがけて、あるいは何かの星に届こうとでもいうように。いったいどのような至高の目的があって、これほど荒々しい強奪が要請され、風景をこれほど活き活きと闇雲に送り戻してゆくのでしょう？

わたしたちは雲へと近づきつつありました。さまざまな名前が輝き出てきました。空は政治や文学の流星で一杯でした。不意の驚きがぱちぱちはぜていました。おとなしいのは羊の啼き声をたて、とげとげしいのは猫みたいに鳴き、肥ったのは牛のように唸り、痩せたのは猛獣のように吼えていました。

いろいろな党、流派、サロン、カフェ、どれもこれも声を響かせていました。メッセージを伝えるにはもう空気だけでは足りなくなって、エーテルがその役目を担っていました。剣を稲妻のように丁々発止と打ちあう決闘の響きは耳を聾し、数々の貧困が光の速度で世界の果てまで伝播していきました。

こんなふうに「…いました」「…いました」と直説法半過去[2]を濫用するのをお許しください。なにしろいまは支離滅裂のときなのですし、わたしはいま、考えうるかぎりもっとも大規模な支離滅裂を、きみのために描いている――もしこれが絵ならばですが――、そういう気がしています。そこに、「…いた」「…だった」と他にいくつか半過去を使って、一刷毛、二刷毛、不完全を描き加えることにしましょう。

さまざまな幻覚を交易する市場や株式取引所という西洋のバザールを、わたしは心のなかで想い描いていた。不安定の産みだす驚異に、不安定の驚くべき持続に、逆説の力に、擦り切れ鈍磨した事物の抵抗に、わたしは忙殺されていた。一切がかたちをなしていた。抽象論の戦いが悪魔劇の様相を呈していた。流行と不易がつかみ合いの喧嘩をしていた。退行と前進とが山頂を争っていた。新製品はたとえどれほど新しくても、きわめて古めかしい結果を産みだすのだった。沈黙のうちに入念に仕上げられたものが競り売りで売られていた……　つまり、この世にありうる一切の精神的事件が、まだ半ば眠っているわたしの魂のまえで迅速に姿を現すのでした。この途方もない活動の観念風景を眺めながら、疲労困憊し混乱しつくした魂は、恐怖と嫌悪と絶望に捉えられ、そして他方で恐ろしいばかりの好奇心を感じたのでした、——知的と呼ばれるこの途方もない活動をまえにして……

——知的、だと？

この巨大な言葉が漠然と浮かんできて、幻をのせたわたしの列車に急停止のブレーキをかけたのです。ひとつの単語が頭に浮かんで衝撃をあたえるとは、何と奇妙なことか！　全速力で走っていた虚偽の塊が、まるごと、突然、真実という線路から脱線するんです……

知的とは？……　返答なし。アイディアなし。樹々、円盤信号機、どこまでも横に伸びるハープと、そのハープの水平な弦のうえを飛ぶように流れてゆく平野、城館、煙……わたしは他人のような眼つきで自分のなかを見つめていた。自分で創造したばかりのものに、わたしはつまずいていたのでした。理解可能なものの残骸のまっただなかで呆然たるありさまのわたしが、破局を惹き起こしたこの「知的」という巨大な言葉にふたたび眼をやると、それはすこしも動かず、まるで転覆したような姿を呈していました。わたしの思考のカーヴを曲がりきるには、どうやらすこし長すぎたのでしょうか……

——知的、ねえ……　わたしの立場になれば、だれだってわかったはずの言葉です。でも、このわたしは！……

——ねえきみ、ご存じのように、このわたしはこのうえなく晦渋《かいじゅう》な精神(3)なんですって。それは経験からきみもご存じだし、何度となく話に聞かされたから、それだけ一層ご存じだ。学識あり温厚で、しかも好意にあふれているかたがたで、わたしの作品を読むのにフランス語に翻訳されるのを待っておいでのひとが、ずいぶんいらっしゃる。そのかたがたはそれを公衆に向かってこぼし、わたしの詩を何行か引用なさるんだが、打ち明けて申せば、どうやらその詩句のどこかに当惑なさっているにちがいない。そればかりか、何かがまるで理解不能ということそれ自体から、彼らは正当なる栄光を引きだすのです。他のひとならば、わからなければ隠すところですがね。――「シカシナガラ、控エ目ニシテ慎重ナル考察ヲモッテ判断ヲ下スベキデアル。往々ニシテアルコトダガ理解セヌトコロノモノヲ非難セヌヨウニ」〔原文ラテン語〕とクィンティリアヌスは言っています。ラシーヌが引用しているのですが、彼はそこでわざわざフランス語訳を添えている。(4) というものの、わたしとしては、あの啓蒙の愛好家たちを悩ませるのは何とも辛い。明晰さ以上にわたしを惹きつけるものはないのですから。ところが、何たること！　断言いたします、明晰さにお目にかゝることは、まずほとんどない。そっと耳うちで申し上げていること、けっしてひとに言いふらさないでください。わたしの秘密は絶対にまもってください。そうなんです、明晰さはわたしにとってまるで公共のものではなくて、世界中どこを探したって見あたらない、――とりわけ奇怪なことに思考と文筆の世界においてそうなので、――その度合たるや地球のなかのダイヤモンド含有量くらいしかありはしない。世の人びとがわたしに着せかける晦渋など、ほとんど到るところにわたしが発見する晦渋さにくらべたら、空しい、透き通ったものですよ。完璧にたがいに理解しあっていると合意ができているかたがたとは、何とお幸せなことか！　そのかたがたは安心してものを書き、話している。おわかりでしょう、水晶の世界のなかを陽光が穏やかに、やすやすと射しこんでゆくところを想わせる著作を書いておられるあの明快なかたがたを、わたしがどれほど羨んでいるか……　ひねくれた意識が、自分をまもるために、そういうかたがたを攻撃したらどうかと、ときどき、そそのかすこともある。何も探究しないから断じて難解さにぶつからないような連中しかいない、だから向こうで知っていることしか持ちだしてはいけないのだと、そいつはささやきかけるのです。でも、自分をとことん吟味してみると、どうも、多くのご立派なかたがたの言っていることに同意しないわけにはいかないんですな。はっきりとした自覚なしに理解したことなどは、理解したとは断じて確信がもてない、まったくのところわたしの精神はそういう出来なのです。反省ぬきで明晰なことと、確実に難解なことが、わたしにはひどく識別しがたい……　たぶん、この弱点がわたしの晦渋さの原理をなしているんですね。わたしはあらゆる言葉を信用しない、すこし考えてみるだけで、世間の人びとが言葉を信じているのが馬鹿馬鹿しく思えてくるからです。巧みに言葉を使って、ある思考の空間をじつに敏捷に渡ってゆく人びとがいますが、そういう言葉の使い方を見ると、残念ながらわたしは、深淵のうえに投げかけられ、歩行はできるが停止は許されない薄い板片になぞらえたくなってしまいました。すばやく動けるひとなら、その板片を使って逃げだすけれど、かりにほんのわずかでも立ちつくそうものなら、そのわずかな時間で板片は壊れて、何もかも底深くに落ちこんでしまう。急ぎのひとにはわかっていたのです、重さをかけてはならない、と。いずれだれにもわかるだろうと思いますが、どれほど明晰な話でも難解な用語から織りなされているものです。

　こうした一切から、重大にして魅力ある展開をいろいろと引きだすこともできましょうが、今日のところはさし控えましょう。手紙というのは文学です。何ごとも底の底まで掘りさげてはいけない、これが文学のきびしい掟なのです。これはまた、みんながまもっている誓いでもある。あたりすべてを見まわしてごらんなさい。

　こんなわけで、わたしはわたし自身の深淵にいた、――わたしの深淵だからといって深淵であるには変わりはありません、――つまり、わたしはわたし自身の深淵にあって、この「知的」という言葉を、子供にも、野蛮人にも、大天使にも、いやこのわたし自身にも説明できずにいたのです、だれにとっても何の苦労もいらぬ言葉なんですが。

　わたしにイメージが欠けていたわけではありません。まったく逆で、この恐ろしい言葉がわたしの精神にお伺いを立てるたびに、神託はそれぞれちがうイメージで答えたのです。そのどれもが素朴なイメージでした。わからないというこちらの感覚を完全にぬぐい去ってくれるものは、ただのひとつもなかった。

切れ切れの夢の破片がわたしに浮かんできました。

わたしは《知的人間》と名づけるいろいろな像をつくりあげてゆきました。自分ではほとんど身動きもしないで、世界に大きな動きをいろいろともたらす人間たちとか、あるいは、手や口の活き活きとした動きで、本来知覚できぬ力や眼に見えぬ事物をくっきりと表してくれる、大変に生気ある人間たちとか……　どうも真相をしゃべってしまって申し訳ない。この眼に見えたことは見えたことなんです。

思想家、文芸家、科学者、芸術家、——つまりそれぞれに原因です、生きている原因、個人という姿をとった原因、微細な原因、原因を含み、しかも自分で自分を説明できない原因、——そして、こちらの望みしだいで、結果が空しいものともなり、同時にまた驚くほど重要にもなるような原因……　これらの原因と結果のつくりあげる世界というものが存在し、そしてまた存在していなかった。こうした奇妙な行為や産物や異常事からなるこのシステムは、トランプ・ゲームみたいに、あの全能にしてゼロでもある現実性をそなえたものでした。インスピレーション、瞑想、作品、栄光、才能、こうしたものは、見方しだいで、ほとんどすべてであり、あるいは、ほとんど無に還元されてしまうのでした。

　つづいて、ある黙示録的な微光のうちに、わたしは、まぎれもない魔物の社会の混乱と発酵をかいま見たと思った。超自然的な空間のなかに、「歴史」で演じられるものたちの一種の喜劇が見えたのです。闘争、徒党、勝利、荘重な憎悪、処刑、暴動、権力をめぐる悲劇！……この「共和国」に騒然とひびく物音は、スキャンダル、雷光とともにとどろく、あるいは雷撃にあった運命、陰謀、侵犯、そんなものばかりでした。議会の投票、無意味な戴冠、言葉によるおびただしい暗殺。窃盗の話は申しません。この《知的な》連中というのも他の連中と似たりよったりでした。清教徒も見つかるし、投機家もいる、金で身を売るやつ、不信心者によく似た信者、信者の顔をした不信心者。うわべはまことしやかで根は単純なやつ、正真正銘の馬鹿、権威をかつぐやつ、無政府主義者、さらにはインクの滴が刃から垂れる首切役人までいた。ある連中はみずから司祭だとか司教だとかと思いこみ、別の連中はみずから預言者と思いこみ、また別の連中はみずからカエサルだとか、殉教者だとか、あるいはその両方のすこしずつだとか思いこんでいた。何人かは、行動においてまで、自分を子供や女とまちがえていた。いちばん滑稽だったのは、自分たちの指導者を部族の裁判官や審判者にまつりあげている連中でした。わたしたちの判断こそがわたしたちを裁くものだし、隣人を判断するときの態度以上にわたしたちをむき出しにし、わたしたちの弱点をさらけだすものはないなどとは、彼らはまるで思ってもみなかったようでした。ほんのわずかの間違いも、いつでも個人の性格のゆえだとされかねない芸術とは危険な芸術なのです。

この魔物たちは、それぞれに、かなり何度も、紙の鏡に自分の姿を映していた。そうやって、存在たちのうちの最初の者あるいは最後の者の姿を、しげしげと見つめていた……

わたしはこの帝国を支配する法則をぼんやりと尋ね求めました。楽しませる必要、生きる欲求、後生に生き残りたいという願望、驚かせたり、衝撃をあたえたり、叱責したり、教えたり、軽蔑したりする楽しみ、さらには嫉妬の棘、そういったものがこの「地獄」をあやつり、かきたて、昂奮させ、かつは説明するものでした。

わたし自身がそこにみずからの姿を認めました。しかも何とそのわたし、まるで知らぬ姿を見せているではないですか、どうやらわたしの書いたものがつくりあげた姿なのです。夢想家のきみのこと、知らないとはいわせない、夢のなかでは、ときに、見ているものと知っているものとのあいだで、特異な一致が生じますね。もっとも、眼が醒めたらもうつづかない一致ですけれど。わたしはピエールを見ている、そしてわたしは彼がジャックだと知っている、というふうに。こんなわけで、わたしは、ごく稀だけれど、別の顔をしている自分を見かけたことがある。そんなとき、これが自分なんだと認めると、胸を刺しつらぬかれるような甘美なる苦痛を覚えずにはいられなかった。幻のほうか、わたし自身のほうか、わたしたちのうちのどちらかが消えてなくならねばならぬという気がしたものです……

じゃ、さよなら。いま旅行の終わりに、色あざやかに現れてはわたしを当惑させているものすべてをきみに読みあげようなどと思ったら、それこそきりがない。さよなら。話すのを忘れていたけれど、こんな想いからきっぱりわたしを引きだしてくれたのは、頑丈なイギリス人の足がわたしの足を無造作に踏みつけたからなんです、ちょうど真っ黒で汗まみれの汽車が停まろうとしていたそのときに。さよなら。

マダム・エミリー・テストの手紙(1)

前略ごめんください、

いろいろとお送りいただき、またムッシュー・テストにお手紙をくださいましたこと、お礼申し上げます。パイナップルもジャムも気に入ったようですし、煙草はほんとうにとても喜んでおりました。お手紙については、なにをどう申し上げても嘘をつくことになってしまいます。主人に読んでやったのですが、わたくしにはほとんどわからなかったのですから。でも、打ち明けて申せば、読みながら、なにかとても楽しい気持になりました。抽象的なことでも、わたくしには高尚すぎますことも、聴いていて退屈することはありません。まるで音楽を聴いているように、うっとりとしてしまうのです。ひとの魂のなかのある部分は、理屈はわからなくてもものごとを楽しめるらしく、わたくしの場合、そういう部分が大きいのです。

そんなわけで、お手紙はわたくしがムッシュー・テストに読んでやりました。彼はそれをじっと聴いておりましたが、どう考えているのか、そぶりにも見せませんし、いったいお手紙のことをほんとうに考えているのかどうか、それさえ外からはわからないのです。ご存じのように、彼は自分の眼ではほとんどなにも読みません。ふしぎな眼の使い方をしている、内的な使い方とでも申したらよいのでしょうか。いえ、間ちがえました、こう申し上げたかったのです、独特な使い方、と。いえいえ、これもまったく当たりません。わたくしの思うところをどう表現したらいいか、一遍にこう申しましょう、内的でもあり、独特でもあり……、普遍的でもあり!!!　とても美しいのです、あのひとの眼は。あの眼は、眼に見えるどんなものよりもほんのすこし大きい、そこが好きです。だれにもまるでわからないことなのですが、どんなものでもあのひとの眼にはつかまってしまうというのでしょうか、それとも反対にあの眼には世界全体が、眼に見えるもののただの細部、うるさくつきまとうのに、じつは存在していない飛びまわる蠅(2)だともいうのでしょうか。そうですの、あなたのお友達であるあのひとと結婚して以来というもの、わたくしは、あのひとの眼差がどこに向いているのか、はっきりとつきとめることが、まだただの一度も出来たためしがないのです。あの眼が見つめている対象、それはきっと、無に還元してしまいたいとあのひとの精神がのぞんでいる対象そのものにちがいございません。

わたくしども夫婦の暮らしぶりは、あいもかわらず、ご存じのとおりです。わたくしのほうはゼロみたいなもので、それでもけっこう役にたっているようですし、彼のほうはまったく習慣どおりで、いつも放心している。眼が覚めないというのではありません、その気になると、恐ろしいほど生き生きとした姿を現します。そんなあのひとを、わたくし、愛しております。突然、あのひとは大きくなり、恐ろしくなる。単調だった行為の仕組が破裂するのです。あのひとの顔が輝き、いろいろと口にする、たいてい、わたくしには半分くらいしかわかりませんけれど、それでもわたくしの記憶からもうけっして消えません。もちろん、あなたにはなんにもお隠ししたくない、ほとんどなんでもお話ししたいと思っているので申すのですが、あのひと、とても無情になることがありますの。あんなに無情になれるひとがいるなんて、わたくしには考えられません。ただのひと言でこちらの心をたたき壊してしまう、そんなときは、自分がまるで陶工の手で屑のなかに放りこまれる出来損ないの壷みたいな気がしてきます。あのひと、まるで天使(3)みたいに無情なんです。自分で自分の力に気がついていません。たとえば、思いもよらぬときにふとあのひとの口をついて出る言葉があまりにも真実でありすぎるので、その言葉を聴くと、世のなかの人びとがみるみるかたなしになってしまう。世の人びとはなんとも馬鹿な生き方をしている自分の姿に目覚め、ありのままでいる状態と、愚かしさを糧としてじつに自然にしている暮らしぶりにがんじがらめになっているありさまを、われとわが前に突きつけられるのです。ふつうわたくしたちは、それぞれの馬鹿さかげんにとじこもり、まるでお魚が水のなかにいるようにごく気楽に暮らしていて、分別のある人間の生活にどれほどの馬鹿ばかしさが含まれているかということには、いつだって、なにかのはずみで気がつくだけです。なにかを考えているために、自分のありのままの姿が隠れてしまうなどとは、わたくしたちはけっして考えません。わたくしたちの考えていることをみんな集めたって、わたくしたち自身のほうがずっと値打ちがある、そう思いたいのです。わたくしたちの精神が自分自身とかわすおしゃべりが、たとえどれほど立派なものだとしても、それよりもずっと確乎としたなにかを求めて、そのうえに身をとどめようと努めたということこそが、神さまのまえに出たときにいちばん褒められる行いなのではないでしょうか。

それにムッシュー・テストは、まわりの人びとを卑下させたり、まるで動物のように単純だと感じさせたりするのに、別に口をきく必要もないのです。どうもあのひとの存在というものが、どんなひとたちでもがたがたにさせてしまうようですし、そればかりか彼のいろいろな癖までも他のひとには反省のたねになってしまうように思えるのです。

　でも、あのひとがいつでも気むずかしく、重苦しいひとだとはお考えになりませんように。あなたにも知っていただけたらと思います、ほんとうにまるで別人のようになることもあるんですから！……　たしかに、ときどき、無情になることもありますけれど、またあるときには、不意に繊細な優しさに包まれる、まるで天から降ってきたような優しさです。あのひとの微笑は、拒みきれない神秘な贈り物ですし、ごくたまに見せてくれるやさしい愛情は、冬に咲く　輪の薔薇です。と申しましても、あのひとがくつろいでいるのか、それとも激しい行動に出るのか、とても予測することなどできません。苛酷な仕打ちにしろ好意ある態度にしろ、期待してもむだ、あのひとは、ふつうの人間が等しなみの人間の性格についてめぐらすありきたりの計算など、深い放心と、他人にはうかがいしれぬ思想の領界でご破算にしてしまうのです。わたくしはあのひとの気持を察して親切をつくしたり、気にいるように心をくばったり、軽率なことをしでかしたり、ちょっとした過失を犯したり、でもそんなことが、さあ、ムッシュー・テストからどういう反応を引きだすというのでしょう。けれども、打ち明けて申しますと、あのひとの機嫌がそんなふうに見当もつかないというところこそが、あのひとにいちばん惹かれる点なのです。結局のところ、あのひとのことがあまりよくわかっていないからこそ、この地上で生きてゆく来る日も来る夜も、次の瞬間がどうなるかまったく見通しがつかないからこそ、わたくしはほんとうに幸せなのですね。わたくしの魂の渇望しているのは、なによりもただただ驚かされるということです。期待とか、危険とか、すこしばかりの疑いのほうが、確実なものを所有することよりも、ずっとわたくしの魂を昂揚させ、生き生きとさせてくれる。よいことではないと思いますけれど、わたくしはそういう女なのです、そんな自分をいくら咎めてみたところで仕方ありません。告解のとき、わたくしは、栄光に包まれた神を見ることよりも神さまを信じることのほうがいいと思いましたと、一度ならず申したのですが、そのたびにお叱りを受けました。聴罪司祭さまのおっしゃるには、それは罪というよりむしろ愚かしい、とのことでした。

つまらぬわたくしのことばかり書いてしまって、お許しくださいませ、あなたがあんなに関心を寄せていらっしゃる人物の近況をお知りになること、ただただそれだけが、あなたのおのぞみでしたのに。でも、このわたくしは彼の生活の証人というよりはちょっぴりうえ、彼の生活のひとつの部品、大事なものではありませんがいわばひとつの器官のようなものなのです。わたくしたちは夫と妻なのですから、わたくしたちの行動は結婚によって組み合わされておりますし、わたくしたちふたりの精神は、どうにも言いあらわしようのないほど大きくちがっていますけれど、実生活のうえでそのときどきに必要なことがらはかなりうまく調整がついています。そういうわけですから、彼のことをお話ししているこのわたくしという女のことも、ついでにお話ししなければならなくなってしまうのです。ムッシュー・テストのとなりでわたくしがどんな生活をしているか、あんなに風変わりな男の妻として日々を送り、そのすぐそばにいるかと思うと、またとても遠くにいるような思いをしながら、どうやってやりくりをつけているのか、たぶんあなたにはずいぶんご想像しにくいことでしょうね？

　ほんとうにお友達のかたも表向きだけの仲のかたも、わたくしと同じ年頃のご婦人がたは、このわたくしが、そのかたがたと同じような生活を送るのにふさわしく見えるばかりか、まあまあ感じのいい女で、だれにも納得のできる平穏な境遇を送る資格も充分にあるのに、あのかたがたが眉をひそめるような変わり者という評判のあんな男と一緒になって、あのかたがたにはとても想像もつかない暮らしを受け入れているのを見て、たいそう驚いています。夫のほんのちょっとした和らぎでも、あのかたたちのご主人の愛撫の一切より千倍も素敵なのだということが、あのかたたちにはおわかりにならない。似たりよったりのことを毎日繰り返しているあのひとたちの愛とは、いったいなんでしょう。不意打ち、未知、不可能、そんな色を帯びたものを一切、ずっと昔に失ってしまった愛、ほんのちょっとの触れあいもたくさんの意味や危険や力に充ちていて、ひとつの声に秘められた実質がわたくしたちの魂のかけがえのない糧であるような心の動き、つまり、変わりやすい個人というものが不思議なことにわたくしたちにとって本質的なものとなってしまっていますが、そういう個人のなかでなにが起こっているのか、それを予感するだけで、すべてのものがいっそう美しく、いっそう意味ぶかいものとなる、——いっそう光り輝くものとなったり、反対にいっそういまわしいものとなったり、——いっそう注目すべきものになったり、反対にいっそう空しいものになったりする、——そんな心の動きのみなもとになるものすべてを、ずっと昔に失ってしまったあのかたがたの愛、それがいったいなんだというのでしょう？

おわかりになりますね、悦楽を不安から引きはなしておきたいと思えば、悦楽を知りつくしてはならないのです。どんなにわたくしがうぶでも、官能の喜びが家庭の習慣に狎《な》らされ適応してしまうと、なにかをなくしてしまうのではないか、とは気がついています。わが身を委ねることと相手を所有することとは、たがいに照応しあうものですが、わたくしの思いますのに、両方とも、近づいてくるのをまったく意識しないうちに成就されてこそ、かぎりない喜びにむくいられるものでしょう。あの至高の確実さは、至高の不確実さのなかからほとばしり出るものでなければなりません。はじめの静けさから、最後に事件がいまにも起こりそうになるぎりぎりのときまで、その筋の運びを辿り直そうとするとどうにも困ってしまうようなあるひとつのドラマ、そんなドラマの大詰めのようにして、それはあらわれ出なければならないのです……

幸いなことに、――いいえ、そうではないかもしれませんけれど――このわたくしのほうには、ムッシュー・テストの感情はどうにもまったく見当もつかないのです。でも、あなたは大切なこととお考えになるかもしれませんが、わたくしにとっては、それほど大事なことではございません。ほんとに奇妙な結婚をしてしまいましたが、すべて事情を承知したうえでのことです。お偉いかたがたは偶然にでもなければ家庭生活には入らないもの、別の見方をすれば、女に関するものでお偉いかたがたの生活体系のなかに入りこめるなにかがあるとして、それをいつでも手でつかめるものにしておけるような、いいえ、それをいつでも閉じこめておけるような、そんな暖かい部屋をしつらえるために、お偉いかたがたは家庭生活に入るのです、そんなことはよく承知しておりました。清らかな肩の優しい光が、思想と思想の切れ目にあらわれ出るのを眺めるのは、そう棄てたものではありません！……　殿方というのはそういうものです、どんなに深遠なかたでも。

こんなこと、ムッシュー・テストのために申しているのではございません。ほんとに不思議なんです、あのひとは！　じっさい、あのひとについてなにを言っても、言ったその瞬間に不正確なものになってしまうのですから！……　あのひとの思念のなかでは脈絡がつきすぎているのだと思います。あのひとはたえず、ひとをある網の目のなかに迷いこませるのですが、その網の目を織ったり、ほどいたり、また織り直したりするすべは、ただあのひとしか知りません。あのひとは自分の内部に、とても切れやすくて、あのひとの全生命力の援助をうけ、協力をあおぐのでなければ、とてもその繊細さをもちこたえられないような糸をのばしているのです。あのひと自身のうちにひそむ、なにか正体の知れぬ深淵のうえへと、そういう糸をずっと引きのばして、そうやって、きっとあのひとは、日常の時間からずっと遠くはなれて、さまざまな困難をたたえたどこかの深みへと危険を冒して踏み入っているのでしょう。そういう深みで、あのひとはどうなってしまうのでしょう？　そんな無理を忍んでおりますうちに、もうもとの自分ではなくなってしまうのは明らかです。そんなに人間ばなれのした光のほうへと進んでゆくとき、わたくしたちの人間性がそのあとをついてゆけるわけがございませんもの。きっとあのひとの魂は、自然の掟に反して葉ではなく根のほうが明るいほうへと伸びてゆく奇異な植物にでもなってしまうのでしょう！

それはこの世のそとへと向かうことではないでしょうか？――張りつめた意志の極限にあのひとの見出すものは生でしょうか、それとも死でしょうか？――神でしょうか、それとも、思考のもっとも奥ふかいところで、ただ、自分自身のみじめな物質の蒼白い輝きにしか出会わないという、なにかぞっとするような感覚なのでしょうか？

あのひとが、こういう過剰なまでの放心状態に陥ってしまった姿をごらんにならなければ、とてもおわかりいただけません！　そういうとき、あのひとの顔つきは変わってしまう、――消えてしまうのです！……　あんなに没入してしまう、その度合がもうすこしすすんだら、きっと、もうそのときには、あのひとは眼に見えなくなってしまうことでしょう！……

けれど、あのひとが深みからわたくしのところへと戻ってくるときといったら！　わたくしを見つけて、まるで新しい土地でも発見したような様子なんですから！　あのひとには、わたくしが、未知の、新しい、なくてはならぬものに見えるのです。わたくしを狂ったように腕に抱きしめます、まるでこのわたくしが、生命ある実在の岩で、あのひとのような、他とはまったく断絶した偉大な天才も、あれほど長くつづいた怪物じみた非人間的な沈黙のあとでは(4)、ついにそういう岩に衝突し、手を伸ばし、突然すがりつくとでもいうように！　あのひとは、まるでこのわたくしが大地そのものだとでもいうように、わたくしのうえに落ちてくるのです。あのひとがわたくしのなかで眼を醒まします、わたくしのなかで自分を取り戻すのです、なんという幸福でしょう！

あのひとの頭がわたくしの顔のうえに重くのしかかり、神経の力のすべてをふるいおこして、このわたくしを餌食にしてしまう。あのひとの手には力強さが、いやそれどころかおそろしいばかりの存在感があります。わたくしは自分がなにか彫像師か、お医者さんか、暗殺者かの手につかまえられ、そういうひとたちの凶暴で正確な動きのもとに置かれているように感じます。知性ある鷲の爪につかまれたような気がして、怖れおののくのです。考えていることを包まずに申し上げましょうかしら？　わたくし、こう想像しているのです、あのひとは自分がなにをしているのか、自分がなにをこねまわしているのか、はっきりとはわかっていない、と。

意識の辺境のどこかの場所に集中されていたあのひとの全存在が、その観念上の対象をたったいま失ったところなのですが、その観念上の対象というのは、すこしばかり程度の差はありますが、とにかく精神の緊張だけにもとづくものなのですから、存在するようでもあり、存在しないようでもあるのです。観念でもあり「もの」でもあり入り口でもあり終末でもある、そんなダイヤモンドの瞬間を精神のまえにもちこたえておくためには、大きな身体の全エネルギーを傾けても多すぎることはないのでした。それでなんですの、この並はずれた夫がわたくしをつかまえ、いわば支配するみたいにして、その力をわたくしに刻みこませるときなど、まるでこのわたくしが、たったいま彼の失ったばかりの意志の対象のかわりをつとめさせられているような感じがしてなりません。わたくしは、いわば筋肉たくましい認識の玩具なんです。ごめんあそばせ、こんな言いかたしかできなくて。あのひとの待ちうけていた真実がわたくしの力と生きた抵抗とを奪ってしまって、そしてなんとも言葉には言いあらわせないような移調によって、あのひとの内面の意志が、頑丈で果敢な手のなかへと移ってゆき、そこで重荷を下ろします。それはまったくどうしたらいいかわからないような瞬間なのです。そこで、どうしましょう！　仕方ありません、わたくしは自分の心のなかに避難して、そこで好きなように、あのひとを愛するのです。

　あのひとがわたくしに対してどんな感情を抱いているのか、このわたくしについてどんな意見をもっているのか、そんなこと、存じません。あのひとについて、眼に見えること、耳に聞こえること以外はなにも知らないのと同じです。さきほど申し上げたのは、わたくしの勝手な推測でして、あのひとがいったいどんなことを考え、どんな策略をめぐらしながらあんなにたくさんの時間をすごしているのか、ほんとうのところわたくしは知らないのです。わたくしとしては、生活の表面だけにかかわって、日々の流れに身をまかせております。わたくしの結婚がいわばひとりでに決まってしまった、あの理解できぬ瞬間、――わたくしはあの瞬間の召使なのだわ、と思っております。あれはたぶん素敵な瞬間でした、もしかしたら超自然的な瞬間かも？

　自分は愛されている、と申し上げることはできません。この愛という言葉はふつうに使われるときはどういう意味かまったく不確かで、それぞれにたくさんの異なるイメージを心に浮かべさせながら、そのどれにも決められないような言葉なのですけれど、おわかりくださいませ、夫とこのわたくしとの心の関係については、まるでなんの役にもたたないのです。あのひとの頭脳というのは封印された宝庫、さあ、あのひとに心というものがあるのかしら。あのひとがわたくしを特別扱いしているか、わたくしを愛しているか、わたくしをいろいろと研究しているのか、それともこのわたくしを手段に使って自分を研究しているのか、どうなんでしょう、そんなこと、いったいわたくしにわかることでしょうか？　おわかりいただけるでしょうが、そんなことにわたくしは固執しておりません。要するに、わたくしは自分が、まるでなにかある物体のように、あのひとの両の手につかまれ、あのひとの思想にはさまれているという感じがする、さまざまに変化するあのひとの眼差のなかのどんな種類のものが注がれてくるかによって、ときにはあのひとにとっていちばん親しみやすい物体になり、またときには世にも奇怪な物体になったりする、そんな感じがするのです。

　わたくしが繰り返して感じ、自分自身に語っているような印象があって、モッソン神父さまにも何度か打ち明けたことがあるのですが、それをあえてあなたにお伝えしようとしますと、比喩を使って、自分は檻のなかに生きているような感じがする、卓越した精神が、ただ存在しているというだけの力で、わたくしを檻のなかに閉じこめ、そのなかでわたくしが動きまわっている、そんな感じがしているとでも申しましょうか。わたくしの精神はあのひとの精神にすっぽりと含まれてしまっているのです、ちょうど子供の精神とか犬の精神とかが、おとなの精神のなかに含まれてしまうように。おわかりいただけますね。ときどき、家のなかをぐるぐると歩きまわっていることがあります。往ったり、来たりしているうちに、歌でもうたったらという考えがわたくしを捉え、その考えがしだいに高まってゆきます。わたくしはにわかに快活になり、去りかけていた若々しさを取り戻して、踊りながら部屋から部屋へと飛び歩くのです。でも、どんなに活き活きと跳んだりはねたりしても、その場にはいない人物――どこかの肘掛椅子に腰をおろして、もの想いにふけり、煙草をくゆらせ、自分の手をしげしげと眺めては、関節を全部ゆっくりと動かしている――あの強力な人物の支配をひしひしと感じないではいられません。ただの一度だって、自分の魂には限界がないなどと感じたことはございません。いつでも取り巻かれている、いつでも囲まれているのです。まあ、なんて説明しにくいんでしょう！　囚われの身だという意味ではありません。わたくしは自由なのです、でも分類されているのです。

　わたくしたちの持っている、いちばんわたくしたちらしいもの、いちばん貴重なものは、わたくしたち自身にはどうもよくわかりません、あなたもよくご存じのとおりです。

わたくしの感じでは、もし自分というものをすっかり知りつくしてしまったら、わたくしは存在を失ってしまうのではないでしょうか。ところがです、ある人物にとって、わたくしは透明なのです、あるがままに、神秘もなく、影もなく、わたくし自身の未知なるものに——わたくし自身についての無知に——救いを求める手だてもないままに、見られ、予見されているのです！

わたくしは、ある確乎としてゆるがぬ眼差の世界のなかを、ぶんぶんと飛びまわっている一匹の蠅、見られているときもあり、見られていないときもあり、しかしけっして視野のそとには脱けられない。わたくしは、どんなに用心してみたって、いつでもそれより範囲がひろくて包括的な注目に包まれ、どれほど突然に、またいつもより迅速になにかを考えついたって、いつでもそれより迅速な注目を浴びて存在しているのだということを、かたときも忘れたことはありません。わたくしの魂がどれほど大きく動こうと、あのひとにとっては小さくて無意味な出来事なのです。と申しましても、わたくしにもわたくしの無限がある……それをわたくしは感じております。その無限が、じつはあのひとの無限に包みこまれていると認めないわけにはまいりませんけれど、といって、それに同意することもできません。わたくしとしてはほんとうに好きなように考えたり行動したりできるんだと思ってはいても、ムッシュー・テストにとって意外なこと、なおざりにできないこと、はじめて見るようなことは、絶対に、絶対に考えだすこともできず、のぞむこともできないなんて、いったいどう説明したらいいんでしょう！……　確信をもって申し上げるのですが、これほどいつも変わらずに、これほど奇怪な感覚を感じていると、なんとも深遠なことを考えだしてしまう……わたくしの生活が、いつどんなときでも、神さまのお考えのなかにある人間の存在というものの、はっきりとした雛形を示している、とでも申しましょうか。すべての魂が「存在」のなかに住んでいるのと同じように、自分はあるひとりの存在の圏内にいる、――わたくし個人としては、そういう経験をしているのです。

　ところが、なんということでしょう！　あるひとの現前からどうやっても身をふりほどくことができないという感覚、神のような明察とこんなに親密にしているというこの感覚に浸っておりますのに、ときどき、いやらしいことをいろいろと考えてしまうのです。誘惑されるのです。このひとはきっと神さまから見はなされている、このひとのそばにいるためにわたくしも大変な危険にさらされてしまう、自分はなにか悪い樹の葉蔭に暮らしているんだ……、そんなふうに思ってしまうのです。でもほとんどすぐ、こういうもっともらしい反省は、じつは危険をうちに秘めていて、そういう危険を用心するようにと忠告してくれているのだと気がつきます。もっともらしい反省の襞のなかに、わたくしは、もっと楽しいほかの人生だとか、ほかの男たちだとか……そんなものを夢みるようにと巧みに暗示してくるものが隠されているのを見抜いてしまいます。すると、そら恐ろしくなります。わたくしの考えはわたくしの運命へとまいもどって、自分の運命はあるべきようになっていると感じ、わたくしはこの運命をのぞんでいるんだ、毎分毎秒自分の運命をえらび直しているんだと思い、ムッシュー・テストがとてもはっきりした、とても深々とした声でわたくしを呼ぶのが、心のなかに聞こえてくるのです……でも、どんな名前でわたくしを呼ぶのか、ご存じでしたら！

わたくしのような名前で呼ばれている女は世間にはおりません。愛しあう者たちがどんなに滑稽な名前でおたがいに呼びあうか、ご存じでいらっしゃいますね。犬や鸚鵡《おうむ》を呼ぶときのようなどんな名前の呼び方も、肉体で親密に結ばれていることから自然に生まれた果実なのです。心の語る言葉は子供っぽいものですし、肉体の声は簡単な要素だけからなっております。それにムッシュー・テストは、愛とは、一緒に馬鹿になれることにある、と考えているんです、――馬鹿げたことも獣性もすっかり許されて。ですから、あのひとなりのやりかたで、わたくしを呼ぶのです。たいていいつも、わたくしになにを求めているかに応じた呼び方をします。わたくしにあたえられる名前、そのひと言だけで、わたくしはなにを期待したらいいのか、なにをしなければいけないのかがわかります。あのひとののぞんでいるのが、なにも特別なものではないとき、わたくしに向かって「存在《エートル》」とか「もの《ショーズ》」とか言います。ときどき、わたくしを「オアシス」と呼びますが、そんなときはうれしくなります。

でも、わたくしが馬鹿だとはけっして言いません、――そのことにとても心を打たれております。

神父さまは慈愛にみちた大きな好奇心を夫に抱かれ、夫のようにふつうのひとからはなれた精神に、なさけ深い共感のようなお気持を寄せてくださるのですが、ムッシュー・テストを見てると、うまく調和しにくいいろいろな感情をよびさまされるんですよ、と率直にわたくしにおっしゃいます。このあいだも、こうおっしゃいました、「ご主人には数えきれないほどの顔がありますな！」

神父さまのお考えでは、主人は《孤立と独特な認識の怪物》なんですって。そして、ひとはいろいろな誇り高さのゆえに、生きている人間たちの列から、それも現にいま生きている人間たちだけではなく、過去、未来を問わず生きている人間たちの列から切りはなされてしまうものだが、ご主人を説明するのはそういう誇り高さだ、と気のすすまぬご様子でおっしゃるのです。――あまりにも訓練に訓練をかさねたあの魂のなかで、あの誇り高さがあれほどまでにきびしくそれ自身と対峙し、あれほどまでに厳密にみずからを知っているため、おそらく悪もその原理的なところでいわば勢力を失ってしまう、――そんなことがもしなかったら、あの誇り高さはまったく憎むべきもの、いやほとんど悪魔的なものでもありましょう、と。

神父さまはわたくしにこうおっしゃいました。「あのかたは恐ろしいまでに善から身をひきはなしておいでだが、幸いなことに悪からも身をひきはなしておいでだ……あのかたのなかには、なにかしらぞっとするような純粋さ、なにかしれぬ超然たるところ、なにかしら議論の余地のない力と光とがある。深く磨きぬかれた知力のなかに、あれほど混乱も疑惑も不在だという例を、わたしはいまだかつて見たことがありません。あのかたの静かなことといったら恐ろしいほどです！　魂の不安という言葉も、内面の影という言葉も、なにひとつあのかたにはあてはまらない、――それに恐怖や渇望への本能から由来するようなところは、まったくない……　だがまた、「神の愛」へと向かうようななにものも。あのかたの心は、ひとつの無人島です……　精神のひろがりのすべてとエネルギーのすべてが、あのかたをとりかこみ、護っています。あのかたの深さがあのかたを孤立させ、真理から遠ざけている。ご自分がその島でひとりっきりだと思いこんでいらっしゃる……　奥さん、忍耐なさい。きっと、いつの日か、あのかたは砂浜のうえに、なにかの足跡を見つけられるでしょう……　その恩寵の浄らかな跡を見て、あのかたが、自分の島にはふしぎにもだれかが住んでいると知るときが来たら、それこそなんとよろこばしい、そして神聖な恐怖でしょう、なんとありがたい驚きでしょう！……」

そこでわたくしは神父さまに申しました。主人を見ていると神なき神秘家というものを考えることがとてもよくあります……、と。

――「おみごと！」と、神父さまは言われました。――「なんてみごとな閃きを、女のかたは、ときどき、ご自分の印象の単純さや言葉遣いの不確かさから引きだすことか！……」

けれどすぐ、そうおっしゃるご自分に、こう答えたのです。

――「神なき神秘家！……　光かがやく無意味！……　おや、口がすべった、言うは易しだ！……　いつわりの明晰……　神なき神秘家、いや奥さん、それなりの方向も意味ももたぬ動き、結局どこにも行きつかぬ動き、そんなものは考えられぬのですぞ！……　神なき神秘家！……　イッポグリフォだ、ケンタウロスだ、と言ってはどうしていけないいんだ！」

――「スフィンクスではいけないいんですの、神父さま？」(5)

でも神父さまは、わたくしが信仰に従い、熱心におつとめをする自由を許されていることを、キリスト教徒として、ムッシュー・テストに感謝しておいでです。わたくしはなんの束縛もなく神さまを愛し、神さまにおつかえしております。わたくしは、とても幸せなことに、わが主とわが夫とに自分自身を分けることができるのです。ときどきムッシュー・テストは、わたくしのお祈りの話をしてほしい、どんなふうにしてお祈りをはじめ、どんなふうにお祈りに心をこめ、どんなふうにお祈りをつづけてゆくか、できるだけ正確に説明してくれないかと、わたくしに求めます。そうやって、わたくしが自分でそう信じているように、ほんとうにお祈りに没頭しているかどうかを知りたがっているのです。けれども、わたくしが思いだしながら、どう話そうかとしているうちに、たちまち彼はわたくしを追いこして、あのひと自身に問いの答えを求めて、みごとなまでにわたくしになりかわり、わたくし自身のお祈りについてかくかくしかじかと語り、詳しいところまであれこれと教えてくれるので、その説明でわたくしのお祈りはすっかり明らかになり、いわばその秘密の高みへと連れ戻されてしまう、――そうしてあのひとは、わたくしのお祈りへと向かう気持やお祈りをしたいという欲求をわたくしに伝えてくれる、ということになってしまうのです！……　あのひとの言葉にはひとの心のいちばん隠れたところを見とおさせたり、聞かせたりする、なにかよくわからない力があるのです。そうは申しても、彼の話すことは人間の話すこと、人間の話すこと以外ではありません。ひとの手で再構成され、たぐいなく大胆で深遠な精神によってみごとに語られた、信仰の内密な形式、それ以外ではございませんの！　いわば、あのひとは熱烈な魂を冷ややかに探索した……、とでもいうようなのです。でも、燃えあがるわたくしの心とその信仰とをこのように再組織してしまうと、希望というその本質がおそろしいまでに欠けてしまう……　ムッシュー・テストの実質をすみからすみまで探っても、希望はほんのひとかけらもございません。だからこそわたくしは、あのひとの力がこのように行使されるのをまえにすると、なにかしら不安を感じるのです。

今日のところは、もうこれ以上はあまり申し上げることもございません。こんなに長々と書いてしまったこと、お詫びはいたしません、あなたのおのぞみだったことですし、あなたのお友達のあのひとの行動はどんなに聞いても聞きあきることがないとお考えなのですから。でも、もうおしまいにしなければ。日課の散歩の時間になりました。これから帽子をかぶるところです。あなたもすこしご存じの、この古い都市の、石ころだらけの曲がりくねった路地を静かにとおりぬけてゆくのです。もしこの都市にお住まいでしたらあなたもきっと行くのがお好きになるところに、わたくしたちは最後には行きつくのですが、その古めかしい公園には、夕方になると、考えごとのある人びと、心配ごとをかかえた人びと、独り言をつぶやいている人びとが、みんな、まるで水が川に集まるようにやってきて、当然そこで顔をあわせます。学者たち、愛しあう者たち、年寄り、幻滅した人たち、そして聖職者たちと、およそ可能なかぎりの、そしてあらゆる種類の、俗世間から縁を切ったひとが、みんな集まってくるのです。彼らはなんだかおたがいに遠ざかろうとしているかのようです。おたがいに知りあわずに、ただおたがいの顔を見るというのが好きなのにちがいありません。めいめいそれぞれの苦しみは、そうやって出会うのに慣れているのです。ある者は病を引きずり、またある者は苦悩に駆りたてられている。影がおたがいに逃れあっているのです。でも、他人から逃れるための場所といったらここしかありませんので、孤独という同じひとつの考えが、なにかに心を奪われた人たちひとりひとりを、あらがいようもなくここへと引き寄せてくるのです。わたくしたちは間もなく、あの死者たちにこそふさわしい場所にまいります。そこは植物園の廃墟のようなところです。黄昏のすこしまえに、そこにまいります。ご想像くださいませ、夕日と糸杉と鳥の鳴き声に身を委ねて、小刻みに足をはこんでいるわたくしどもの姿を。陽はあたっていても風は冷たく、あまりにも美しい空にときどきわたくしの胸は締めつけられる想いです。隠れて見えない大聖堂の鐘がどこかで鳴ります。そこここに、縁の高さがわたくしの腰ほどの、円い泉水があります。黒くて底のみえない水が縁石のところまであふれていて、水のうえには *Nymphea Nelumbo*〔蓮〕の大きな葉が数枚貼りついています。たまたまこれらの葉のうえに水滴が乗っかると、ころがって、水銀のようにきらめきます。ムッシュー・テストは、この生きもののような大きな水滴に気持をまぎらわせ、あるいは緑色の札が立って、植物界のいろいろな種目の見本が、それぞれ、あるいはたくさん、あるいはすこしずつ栽培されている《花壇》のあいだをゆっくりと移動してゆきます。あのひとは、かなり滑稽なこの整然たる秩序を面白がり、

Antirrhinum Siculum〔金魚草〕
Solanum Warscewiezii〔なす科の植物〕!!!

なんて、へんてこな植物名を、綴りを拾い読みしては悦にいったりするのです。

それから、あの *Sisymbriifolium*〔風花菜属〕なんて、まったく変な隠語ですこと！……なになに *Vulgare* とか、なになに *Asper* とか、なになに *Palustris* とかなになに *Sinuata* とか、なになに *Flexuosum* とか、なになに *Praealtum* とか[6]!!!

——「形容詞の庭だ」先日、あのひとは申しました。「辞書であり墓地である庭……」

それからしばらくすると、独り言で、「知者らしく死んでゆく……　分類シツツ過ギ

去リヌ」

改めて、お礼申し上げます。ご機嫌よう。

エミリー・テスト

ムッシュー・テスト航海日誌抄(1)

ムッシュー・テストの祈り。主よ、わたしは虚無のなかにいて、かぎりなく無で静かでした。この状態から席を立たされて、奇怪な乱痴気騒ぎ《カーニヴァル》のなかへと投げだされ……、そしてあなたのお心づかいにより、苦しみ、楽しみ、理解し、そして誤るのに必要なものはひとつのこらずあたえられたのです。とは申せ、それらの授かりものは均等ではございません。

わたしはあなたを暗黒の支配者と見ております、思考するときにわたしが見つめるあの暗黒の、そしてやがて究極の思考がそのうえに書きこまれることになるあの暗黒の。

あたえたまえ、おお「暗黒」よ、――至上なる思考をあたえたまえ……

とはいえ、一般的に任意の思考は、すべて《至上なる思考》たりうるのです。

もしそうでないならば、もしもそれ自体として、またそれ自体によって至上なる思考があるとすれば、わたしたちはそれを熟慮により、あるいは偶然に見つけ出すことができましょう。そしてそれが見つかったら、わたしたちは死なねばなりますまい。それは、ある種の思考によって死ぬことができるということでしょうか、——その思考にはもうあとにつづく思考がないという、ただそれだけの理由で。

告白いたします、わたしはみずからの精神を偶像としてまいりました。他に偶像が見つからなかったのです。わたしはこの偶像を扱うのに、お供えものを献げ、罵詈雑言を浴びせかけました。わたしの所有として扱ったことはありません。しかし……

★

品格ある紳士《オネートム》の意識についてのド・メーストルの言葉からの類推。わたしは愚か者の意識がどういうものかは知らないが、才気あるひとの意識は愚かさにみちているものだ。(2)

★

わたしは、かくかくのものを知らない。しかじかのものを把握することができない、しかし、それを所有するポルティウス(3)をわたしは知っている。わたしはわたしのポルティウスを所有し、それを人間として操っており、そこにはわたしの知らないことが含まれている。

★

自分の諸感覚のおかげで現実から、存在からひきはなされていると感じている人物たちがいる。彼らにおけるこの感覚が彼らの他の感覚を汚染してしまう。

わたしの見るものがわたしを盲目にする。わたしの聞くものがわたしを聾にする。この点ではわたしは知っている、ということが、わたしを無知にする。わたしは知っている者として、またそのかぎりで、わたしは知らない。わたしの眼前のこの照明は眼隠しであり、覆い隠しているのだ、ひとつの夜を、あるいはひとつの光プラス……を。プラス何か？　ここで円環は閉じる、この奇怪な転倒の円環は。認識、すなわち存在のうえにかかる雲のごとし。輝く世界、すなわち角膜白斑および不透明のごとし。

わたしの眼に見えるすべてをとり除いてほしい。

★

親愛なるひと、あなたはまったく《面白みのない》ひとだ。――だが、あなたの骸骨となるとそうではない――あなたの肝臓も、あなたの脳髄そのものも、そうではない。――

それから、あなたの馬鹿のような様子も、反応ののろい眼もそうではない――それにあなたの観念のすべても。せめて愚か者の機構を知ることすら、わたしにできないとは！

★

わたしは小説にも演劇にも向いていない。小説や演劇の見せ場、怒りとか情熱とか悲劇的瞬間とかは、わたしを昂揚させるどころか、みじめったらしい輝き、初歩的な状態としてわたしのところに届いてくるのだ、――ありとあらゆる馬鹿げたことがのさばり、存在は単純化されて愚鈍にまで達して、水の状況に応じて泳ぐかわりに溺れてしまう、そんな初歩的な状態となって。

★

わたしは新聞で、あのけたたましい劇的事件だとか、あらゆる人びとの胸をときめかせる出来事だとかは読まない。そんなものは、いったいわたしをどこへ導いてくれるというのだろう、――わたし自身がすでに全的に位置づけられているあの抽象的問題のほんのとば口までにすぎないとすれば？

わたしは迅速であるか、さもなければ無だ。――不安な男か、がむしゃらな探検家なのだ。ときおりわたしは、とくに個人的でしかも一般化の可能なものの見方において、これが自分だと認める。

★

そういう見方は、一般的なものへとたかめることのできぬ他の見方を殺してしまう――見る者の側に能力が欠如しているためか、それとも他の原因によるのか？

ここから、思考の能力に従って秩序だてられた個人が生まれる。

★

「思考」という名の岬のうえにつねに立ちはだかって、事象のあるいは視野の果てへと両の眼を大きく見ひらいている男……

《真理》を自分自身から受けとることは不可能だ。それが形成されつつあると感じるとき（つまり印象だけれど）、ひとは同時に、見慣れぬ、もうひとりの自分をつくりだし……それを誇り、――それをひたすらみずからのものとし……（それこそは、内的政治の頂点だ。）

明快な「自己」と混濁した「自己」のあいだ、正しい「自己」と罪ある「自己」のあいだには、昔からの憎悪と昔からの和解、昔からの断念と昔からの懇願がある。

★

一種の個人的な祈り。

《わたしの眼を覚ましてくれたあの不正、あの侮辱に、わたしは感謝いたします。その不正と侮辱の生々しい感覚が、その滑稽なる原因からはるか遠くへとわたしを投げやって、またわたしに自分の思想の力と思想への志向をつよくあたえてくれたので、結局わたしの仕事はわたしの怒りから利得をあげたほどなのです。つまり、わたし自身の法則の探索は偶発事を利用したのです》

★

なぜわたしは、わたしの愛するものを愛するのか？　なぜわたしは、わたしの憎むものを憎むのか？

自分の欲望と嫌悪との一覧表をくつがえしたいという欲求を、だれが抱かぬことがあろう？　自分の本能的な動きの方向を変えてしまいたいという欲求を。

このわたしが同時に磁針のようでもあり無感覚な物体のようでもあるということが、どうしてありえよう？……

わたしは、見知らぬ罰に、すなわち死におびやかされながら従わねばならぬ小さな存在を内部に含んでいる。

愛すること、憎むことはその存在の下位にある。

愛すること、憎むこと――それはわたしには偶然のように見える。

★

わたしの担う、わたし自身にも未知なるもの、それがわたしをわたしたらしめる。

わたしのもつ不器用な、不確かなところ、それこそがわたし自身だ。

わたしの弱さ、わたしの脆《もろ》さ……

欠陥がわたしの出発の基礎なのだ。わたしの無能力がわたしの原点なのだ。

わたしの力はあなたから出てくる。わたしの動きはわたしの弱さからわたしの力へと向かう。

わたしの現実の窮乏が想像上の富を産む。そしてわたしは、こうした対称関係である。わたしは、わたしの欲望を無化する行為である。

わたしのなかには、わたしの志向とわたしの嫌悪とを純粋に偶発的なものと見なす、――いや、見なさねばならぬとする――多少とも訓練された能力がある。

かりにもっとよく知っていれば、おそらくはわたしには、ある必然性が見えてくるだろう――この偶然のかわりに。――だが、この必然性を眼にするということ、それもやはり別のことだ……　わたしを束縛するのはわたしではない。

★

きみのすべてをあげて、きみの最良の瞬間、きみの最大の思い出に従いたまえ。
それこそは時間の王と認めねばならぬもの、
最大の思い出、
いかなる規律もきみをそこへと連れ戻すはずの状態こそが。
それこそが、自分を軽蔑することを、同じく自分を正当に偏愛することをきみに許してくれる。

一切は「それ」との関係においてある、きみの発展のなかに、ひとつの尺度を設定し、さまざまな段階を刻みこむ「それ」。

そして、もしそれが、きみとはちがう何かにもとづいているならば——それを否定したまえ、そしてそれを知りたまえ。

弾性の、軽蔑の、純粋さの中心。

わたしは、心のなかで犠牲にささげる、わたし自身を、みずからなりたいものに！

★

観念、原理、稲妻、最初の状態の最初の瞬間、飛躍、後続を断ち切る跳躍……　準備と実行は他の連中にまかせよう。そこに網を投げろ。あなたが獲物を見つけられそうな海中の場所は、まさしくここだ。さようなら。

★

……昔ながらの欲望(またしても、きみがいる、周期的プロンプターとして)すべてを純粋な素材で再建したいという欲望。明確な要素だけで、はっきりと描きだされた接点と輪郭だけで、しっかりと把握された形式だけで、そして曖昧なものなしに再建すること。

★

その祖先、その子孫についての瞑想。

これら、**一者**の木霊《こだま》の奇怪。

何たることだ、この塊をなした**自己**が、おのれのそとに、さまざまな部分を見出すとは！……

……わたしのすべてを完全に含み、わたしの明白なる思考を、ある微笑のうちに、ことごとく予言し、準備するこの眺め方、――わたしの口もとの左隅の皺《しわ》と、瞼《まぶた》の圧迫と、眼を動かす筋肉のねじれとのあいだにある「もの」のこの恰好――つまり自己に本質的なこの行為、この限定、この独特な条件――それは他のひとの顔のうえに、だれか死者のあの顔のうえに、いやすでにこの顔にも、またあの顔にも存在する――さまざまな年代、時代をつうじて。――もちろん、わたしにはよくわかっている――これら同種ののは同じことを経験したわけではない。それらの経験も知識も、それぞれにまったく多様だ……とはいえ――かまうものか！――彼らはおたがいのあいだでは間違ったりしない。――たがいに見抜きあうのだ。

人間たちのあいだの、感嘆すべき数学的親近関係――この関係と照応の森について、どう言えばいいのか？（かつてローマ人たちがそれを語るためにもっていた言葉の半分すら、われわれはもっていない。）なんという混合、そしてなんという拡散！

★

わたしはかぎりなく能力と願望を感じる、なぜなら、それらを浸し、許容し、みずからの宿命的自由、どうでもいい形象、ひとしい機会の水準をとり戻そうとつとめる不定形なものや偶然を、わたしがかぎりなく感じているからだ。

★

一緒に

他人、わが戯画《カリカチュア》、わが模範、その両者。

他人、わたしがまさしく沈黙裡に犠牲にささげるもの。わたしの――魂の鼻先で焼いてしまうもの！

そしてこの「自己」！　そいつをわたしは引き裂き、そいつ自身の実質を、たえず繰り返して噛み-直して、それで養ってやる、この実質こそは、そいつが成長するためのかけがえのない養分なのだ！

★

他人、それが弱ければ、わたしは愛し、強ければ崇拝し、そのために酒を飲む。――理解力あり受動的なきみのほうが、わたしには好ましい……ただし、ごく稀に、そしてたぶん――もうひとりの「同一者」が現れ――何かある明確な返答が現れでもしないかぎりでのことだが……

それまでのところ、他のことはどうだっていい！

★

どういう点で、この今日の午後、この偽りの光、この今日という日、このさまざまな既知の出来事、これらのページ、この任意の全体が、他の全体から、一昨日という一日から区別されるのか？　感覚器官は、変化が起こったとわかるほど鋭敏ではない。これが同じ日ではないと、わたしはよく知っている、けれど、そう知っているというだけにすぎない。

わが感覚器官は、過去というこのじつに精妙なあるいは深遠な作品を解体できるほど、鋭敏ではない。この場あるいはこの壁が、先日のそれらのありようとおそらく同一ではないと見分けられるほど、鋭敏ではないのだ。

★

もし自己が語りうるとすれば(4)

お世辞というやつは、なんたる侮辱であることか！――このわたしをあえて褒めあげようとは！　わたしは、いかなる形容も超えた彼方にあるのではないか？　こう、ある「自己」は語るだろう、もしその「自己」があえて語るとすれば！――

そして、もし「自己」が語りうるとすれば(以下、繰り返し)。

★

詩(5)

(自身《セルフ》語よりの翻訳)

おお　わが「精神」よ！
しかしわたしは思いあたる
すでに、あなたをあれほど愛していたということに！
たぶん、わたしはあなたをまさに愛そうとしていた、
おお　わが「精神」よ！
しかしわたしは思いあたる、おお　わが「精神」よ、
きみをすでに、まったく別な愛しかたで愛していたということに！
きみは、他人たちではなく、きみ自身のことをきみに想い起こさせ、
そしてきみはますます、他の何者にも類似しなくなってゆく。
ますますいよいよ同じ者に、ますますわたしと同じ者になってゆく。

おお「わたしの精神」よ——しかしそれはまだ、まったく「自己」ではない！

★

精神の富者(6)

この男はじつにたくさんの所有物と、じつにたくさんの展望を自分のうちにかかえこみ、多年にわたる読書、反駁、瞑想、内的組合せ、観察によって、そしてまた多岐にわたる枝分かれによって形成されていたので、彼の返答はまったく予測しにくかった。彼自身としてもわからないのだった、——自分がどこに行きつくのか、結局のところどういう眺望が自分の心を打つのだろう、自分のなかではどういう感情が優位にあるのだろう、どのような急な方向転換とどのような予想もしない単純化がなされることになるのだろう、どのような欲望が生まれるのだろうか、どのような反撃、どのような照明がなされるのだろうか、それがわからないのだった！……

おそらくは彼は、彼自身の決定にせよ内的返答にせよ、ただ一時的な方便という角度からしか眺められないというあの奇怪な状態に達していたのだ、——自分の注意力の発展は無限であろうし、みずからを充分に知る精神においては、けりをつけるという考えにはもはや何の意味もないと、よく知っていたために。彼は内的文明化の段階にあったのだ、――意識が他の人びとの意見に対しては、そのさまざまな様態を行列のようにお供に付き従わせるのでなければ、また意識が、みずからさまざまな驚異をなしとげ、さまざまな鍛錬や置換を行い、数しれぬ明確化を成就しているという自覚があって、はじめて休息する(もしそれが休息することならば)というのでなければ、意識は他の人びとの意見など許容しない、そんな内的文明化の段階にあったのである。

……彼の頭脳のなかでは、閉ざされた眼の背後で奇妙な回転運動が、――じつに多様で、じつに自由で、しかもじつに限定されたさまざまの変化が行われ、――さまざまな光が過ぎてゆくのであった、あたかもだれかがランプをひとつ手にしてとある家を訪れると、夜の闇のなかでその家のいくつかの窓が明るく見える、そんなランプの光のようであり、またその光はあたかも遠いお祭りか夜の縁日のようでもあるが、もしも近づくことができれば、それは鉄道の駅か野蛮な場所にかわってしまいかねなかった――あるいは恐ろしい不幸に、――あるいは真理と啓示にかわってしまいかねなかった……

それは、あたかも可能性の聖域、またその淫売窟のようであった。

(7)瞑想の習慣はこの精神を、稀な諸状態の中央に――その諸状態を利用して――生存させていた、純粋に観念的な諸経験の果てしない仮定のなかに、思考の限界‐条件と危機的な相をたえざる行使のなかに生存させていた……

あたかも、極度の希薄化、未知の真空状態、仮説上の温度、おそるべく巨大な圧力と荷重が、この精神の生来の資源ででもあったかのように――そしてまた、あたかもこの精神のうちにあっていかなることが考えられる場合でも、かならず、彼は、思考の対象であるというただそれだけの理由によって、それを強力このうえない処置に委ね、またかならずみずからの生存の全領域を探究する、とでもいうかのように。

★

超越へのこの志向、そしてときには超越へのこの才能、――(わたしはこの言い方で、現実の支離滅裂を意味している、提示されたいかなる一貫性よりも真実で、あるひとつの事象から他の事象へと直接的に移行してゆくものであるという感情、いわばこのうえなく多様な領界を横断してゆく――さまざまな重要度とか……さまざまな視点とか、見知らぬ適応とか……を横断してゆくという感情をともなう支離滅裂のことだ。そして、それが何であれ切断してしまう、あの突然の自己への回帰、そしてあれらの二股にわかれた視力、あれらの三叉《みつまた》にわかれた注意力、ある事象群がそれらの世界ではばらばらに分割されているのを、別の世界で触れあわせるあの接触……　それこそは自己だ。

★

きみの思考を軽蔑せよ、あたかもひとりでのように、それらは通り過ぎてゆく。――そしてまた戻ってくるのだ！……

★

自分ひとりでやるゲーム

ゲームの規則

もしも、みずから賞讃に値いすると思えば、この勝負は勝ちだ。

もしも、勝ちの勝負が計算により、意志と一貫性と明晰さをともなって勝ったものならば、――儲けは最大限に大きい。

ガラスの男

★

《わたしの視力はじつに正確であり、わたしの感覚はじつに純粋であり、わたしの認識はじつにぶざまなまでに完全であり、わたしの表象はじつに鋭敏かつ明確であり、わたしの知はじつに完成しているので、わたしは世界の果てからわたしの沈黙の言葉に到るまで、わたしを深く理解する。そして不定形のものから、既知の繊維と秩序だった中心とに沿って立ちあがる欲望まで(8)、わたしは自分のあとを追い、自分に答え、自分を反射し、自分に反響する、わたしは鏡の無限に戦慄する――わたしはガラスでできているのだ》

★

(9)わたしの孤独――それはまさしく、長いあいだ深く知りあった友人たち、親密な会話、よけいな前置きなどなく、ごく稀な場合を除いて細かな心づかいもいらぬ対話の、久しい以前からの欠如という以外の何ものでもないのだが、——そういう孤独はわたしにとってじつに辛い。——何の異議も聞かず、あの生ま身の抵抗にも、あの餌食にも、あの他者にも出会わずに生きるなど生きることではない。敵対者であり世界のなかの個人化された残余の部分であり、自己の障害であり影である他者——もうひとりの自己——対立し、抑ええぬ知力、——最良の友である敵、神のごとく、不可避で——親密な——敵意。

神のごとく、と言ったわけはこうだ、——ひとりの神を、こちらに滲みこみ、深くはいりこみ、かぎりなく支配し、かぎりなく洞察するひとりの神を想定してみたまえ——その神の喜び、——気づかれぬようにして存在しようと試み、分離してゆく被造物によって、その神がうち倒されるとき神みずから感じる喜び…… 被造物をむさぼり喰らう、それも被造物がまた生まれかわることを願って。すると、共通の喜び、そして拡大。

★

もしわたしたちが知っていれば、わたしたちは語りはしないだろう——わたしたちは考えはしないだろう、わたしたちはたがいに語りあうことはないだろう。

認識は、存在そのものとはいわば無縁だ。――存在はみずからを知らず、みずからに問いかけ、みずからに答えさせる……

★

何にわたしはもっとも苦しんできたか？　おそらく、わたしの思考のすべてを発展させるという習慣――自分のなかの果てにまで行こうとする習慣にだ。

★

わたしはあなたのさまざまな観念を、まったく明瞭に眺めて、ほとんどわたしの観念のつまらぬ装飾と見なしているので、それらを軽蔑している。そしてわたしは、ガラス鉢のなかの、なみなみとたたえられた澄んだ水のなかを、三、四尾の金魚がぐるぐる泳ぎまわりながら、いつも素朴で、いつも同じ発見を繰り返しているのを見ているような具合に、あなたの観念群を眺めている。

★

わたしは馬鹿者ではない、なぜならば、自分のことを馬鹿者だと思うたびに、わたしは自分を否定しているからだ——自分を殺しているからだ。

★

自分に道理があるということに嫌気がさし、成功うたがいないことをやることや、方式の有効確実性に嫌気がさしたら、他を試みること。

ポール・ヴァレリーは、死のまえに、『ムッシュー・テスト』の新版に使う目的で、ひとまとめの覚書と草稿をそろえてあった。

以下の断章は、それぞれ、かなりちがう時期に属するものだが、このまとまりのなかから選びだされた。

ムッシュー・テストとの散歩

夏になると、毎朝、十一時ごろ、わたしはマドレーヌ教会のそばの、暇人たちにあふれた歩道に来ている。そこで散策をしたり、煙草をくゆらせたり、その日の新聞の語ることを考えたり、ということはつまり新聞に語られていないすべてを自分に物語ったりするのを習慣としてきた。ほどなく、わたしは、同じ気楽な道筋を反対の方向から、想いにふけりながらやってくるムッシュー・テストに出くわす。

われわれは、それぞれ、考えごとからはなれる。一緒に連れだって、われわれはこの公道の快く不可解な動きを見つめる。その道は、さまざまな影、輪、流動する構造物、軽快な動作などを押し流し、ときにはそれらよりずっと純粋で精妙なひとかげをもたらす。ひとりの存在、ひとつの眼、あるいは数しれぬ金色の姿態を示しながら地面と戯れる高価な動物。

われわれはこの甘美な通行を飲む。われわれは、まだらになった光が道ゆくあらゆる人びとの顔に、だれかまわずに微笑を浮かべさせ、ほっそりした車と車のあいだ、また他の出来事と出来事のあいだを急ぎ足に滑りぬけ、自分を織りこんでゆく女の額のうえを、そのまだらになった光が逃れてゆくのを眺める。光の薄れた街は、バルコニーがビロードを貼ったように連なる、やわらかな影を落とした絶壁となって、あそこで、うっすらと光のうぶ毛に覆われた空を背景に、険しく吊りさがっている。そしてわれわれのまえには、光を反射するひろびろとした純粋な地面に紛れこんで、通行人たちがやってきて、われわれそっくりになり、やがては陽光のなかに分かれ分かれになってゆくだろう。

われわれは、混みあう馬や絶えまなくつづく人間の足音の豊富なニュアンスで頭を一杯にして、このゆったりと広い通りの混じりあった物音に精巧な耳を傾ける。この物音は、この道の深まりに、まるで夢のなかのように、何か一種のはっきりしない律動を響かせて、そこをぼんやりと活気づけ、その律動の大きさは揺れ動いては、さまざまな歩み、世界の豊富な生まれ変わり、似たりよったりな者たちの相互変換、大きくひろがる群衆の雑踏をとりまとめる。

われわれは口をつぐみ、この群衆の断片にはなるまいとねがいながら、じっとおたがいを見つめる。しかしわたしはというと、途方もない他者がいたるところからわたしを圧迫してくる。その他者は、滲透をゆるさぬ自分自身の実質のなかで、わたしのかわりに呼吸している。わたしが微笑むと、その他者の魔法の果肉がすこしばかり、わたしの観念から遠からぬところで、よじれる。そして、わたしの唇がそのように変化することで、わたしは突然、自分が鋭敏だと感じる。

さあ、何がわたしに属しているのか、わたしは知らない。この微笑さえも、半ば思いたどってみたそのつづきさえも。

わたしをかけがえのない存在としているものが、この場の厖大な群衆、過ぎゆく豪奢と混じりあう。あそこには、政治の一粒子として、個人たちが他の何人かの個人たちのあいだを流れてゆき、わたしの省察をとおして、焔と化した空気と人間が、かぎりなく入れ替わりながら、わたしの思考に吹きつけ、あるいは裏をかき、先んじ、あるいはときにはまさしくわたしの思考を形成する。

始まりであり終わりである絶えまのない力が、人びとを、人びととの断片を焼きつくす、疑惑を、歩いてゆく章句を、娼婦たちを焼きつくす、絶えざる色彩のギャロップがその場の情景のすべてを、いや消し去られた瞬間までを、何か独特な空虚のなかへと運び去って……

対　話

あるいはムッシュー・テストに関する新しい断章(1)

人間というものはわたしともあなたともちがう。考える主体は、けっして彼の考える対象ではない。前者は、ひとつの声をもつ形態だが、後者はあらゆる形態とあらゆる声をもつ。それゆえ、なんぴとも人間ではないし、ムッシュー・テストはだれよりもそうではない。

彼はまた哲学者でもなく、そうしたたぐいの何ものでもなく、文士でさえない。そしてだからこそ、彼は多くを考えた、――というのも、ひとは多くを書けば書くほど、考えなくなるものである。

彼は、わたしの知らぬ何かを、たえず増やしていた。たぶん、おのれの理解の仕方をかぎりなく迅速たらしめていたのだろう。おそらくは、孤独な発明の豊かさに没頭していたのかもしれない。いずれにせよ、彼はわたしの会ったもっとも自足した人物――すなわち、わたしの精神のなかで持続しうるただひとりの人物である。

その結果として、彼は善良でもなく、意地悪でもなく、陰険でも、シニックでも、何でもなかった。彼はただ選択するだけにとどめた。選択とは、ある瞬間と自己とによって、好ましい総体をつくりあげる能力のことである。

彼は、あらゆる人びとに対して、ある強みを、みずから自分にあたえた強みをもっていた。自分自身について、使いやすい観念を所有しているという強みである。こうして彼の思考のひとつひとつのなかに、もうひとりのムッシュー・テスト、——単純化された、あらゆる点で本当の人物と結びつく、よく知られた人物……——が入りこんでくるのだった。つまり彼は、われわれ自身のすべての計算を変質させ、われわれの思弁においで、われわれ自身をこっそりと巻きこんでしまう——そのためわれわれの思弁はごまかされてしまうのだが、——あの「自己」の漠たる疑いのかわりに、限定された想像的存在、はっきりと定められあるいは教育された「自分自身」、道具のように確実で、動物のように感じやすく、人間のようにあらゆるものと両立しうる「自分自身」を置きかえたのであった。

こうしておのれ自身の似姿によって身をかためたテストは、たえず、自分の弱さと力とを認識していた。彼のまえにあって世界は、まず、彼の知るすべてのものと彼に属するすべてのものとによって構成されていたが――そんなことはもはや問題ではなかった。ついで、もうひとりの自分のなかでは、世界は残余のものによって構成されていた。そしてその残余のものは、獲得すること、構築すること、変形することが可能か不可能かのどちらかだった。そして彼は、不可能なことにも容易なことにも時間をむだについやしはしなかった。

ある晩、彼はわたしに答えてこう言った。「――ねえきみ、無限なんて、もうたいしたものじゃない、――それは文字のうえの問題さ。宇宙とは紙のうえにしか存在しない。「いかなる観念もそれをあらわしはしない。いかなる感覚もそれを示しはしない。それは話すことはできるが、それ以上ではない」

――「でも、科学が」と、わたしは言った、「科学が使っている……」

――「科学だって！　科学者たちがいるだけです、きみ、科学者たちと科学者のいろいろな瞬間があるだけさ。人間ですよ……　いろいろと手探りしたり、辛い夜をすごしたり、口が苦かったり、明晰なすばらしい午後があったり。すべての科学の第一の仮説、あらゆる科学者にとって必要かくべからざる観念とは何か、ご存じかね？　世界はあまりよく知られてはいない、ということですよ。そうなんだよ。ところが、たいていの場合、ひとは逆を考えている。何もかも明白に思える瞬間、——すべてが充実して、まったく何の問題もないような瞬間がある。そんなとき、もはや科学は存在しない——あるいは、おのぞみなら、科学は完成したといってもいいかな。しかしまた別のときは、何ものも明瞭ではない、あるものといったら間隙、信条、不確定だけ。いたるところ、眼に見えるのは断片と何ものにも還元不能な物体ばかり。

「こうした一切に多少とも気がついたので——いまや人びとは、第二の状態から第一の状態へと確実に移行する手段、現在の不安な精神を、先刻の落ち着きはらった所有者へと意のままに変形する手段を探し求めている。しかし、こういう欲求には、いささか気ちがいめいたところがあるな」

——「そのとおりだ」と、わたしは言い返した。「けれどもね、あなただって認めるだろうが、どんな場合だって、存在するっていうことは、奇妙なことにかわりはない。あるやり方で存在するとなると、これはもっと奇妙なことだ。厄介なことでさえある」

そしてわたしは言い添えたが、これは多少単純な連中の考えることの繰り返しである。

――「結局、ここでわたしは何をしているんだろう？」

――「なあに」と、ムッシュー・テストは言った。「きみは考えているんだよ、そこで自分が何をしてるのかと……」

――「でもやはり、なぜなんだろう？　いちばん信じがたいのは、まさしく、ひとが自分に問いかけるということだな。なぜ、ひとは自問するのだろう……」

――「そうしようと思ったからさ」

――「きみはわたしをからかっている、馬鹿にしているんだ」

――「たぶんね」と、ムッシュー・テストは言った。

――「話を戻そう」と、わたしは言った。「人間の運命の話だ」（そう話しだしたとたんに、自分が愚か者になる感じがした。）

――「こう自問するんだ」と、ムッシュー・テストは考えるところを大きく口に出した。「（きみの言う）人間の《運命》とは、いかなる点でわたしの関心を惹くのか？　まあだいたい……女神バルバラと同じだな、――こんな女神さまの話など聞いたこともなかっただろうね、ひょいといまでっちあげた名前なのだから。同じことさ。要するに、ひとは馬鹿げたことにしか熱狂できないんじゃないかな？　わたしはそんな柄じゃない」

――「ほんとうに優れたひとたちも同じさ」――そう言ってわたしは切り抜けた。

――「馬鹿な」と、ムッシュー・テストは叫んだ。「このわたしを他の連中とくらべないでいただきたい。第一に、きみはわたしという人間をよく知っていないし、つぎに、きみは他の連中のことも知らないのだから。

「熱狂という、あの愚かな雷のことだが、あんなものは瓶詰めにしてしまうか、素直な線のうえに流してしまうことを習ってほしいね。大衆は、いろいろな滑稽な代物にこの熱狂とやらを感じて、結びつけているようだが、そんなものからは熱狂を引きはなしてくれたまえ。滑稽な、と言ったのは、そういう代物はいろいろさまざまだが、きみの望んでいるものではないからだ。燃えるのも輝くのもいいが、ただきみ自身の支配下にある場合にかぎる、――特殊なものはすべて軽蔑して、いたるところから力を引きだすんだ。ところで、数知れぬものも、おのぞみなら、いつだってゼロなんだ。それらの虚無をどうしようときみの勝手……　いいですか、愚か者たちはそろって人間性とやらを持ち出すし、弱虫たちは正義をかつぐ、どちらも、ごちゃごちゃにするのが得だからですよ。なんとも躾《しつけ》のわるいこの「正義派」の群れと、そいつらの秤は避けようではないか。われわれを自分の同類にしようと思っている連中はなぐりつけよう。人間のあいだには、論理か戦争か、このふたつの関係しかない、これを覚えていさえすれば、それでいい。つねに証拠を求めたまえ、証拠こそはひとがたがいに示すべき基本的な礼儀なのだ。もし相手が断ってきたら、覚えておきたまえ、きみは攻撃される、あらゆる方法によって服従させられることになる。きみは、何だってかまわない何かの魅力や快適さの虜になり、だれだか他人の情熱にのぼせることになる。思いをこらしたこともないし、深く吟味してみたこともないことがらを考えさせられることになる。きみは感動し、うっとりとして、眼がくらむだろう。だれかがきみを目当てにでっちあげた前提からいろいろな結果を引きだすだろう。で、きみはいくらか天才的に、考えだすのだ、――どれもこれもきみが暗記していることばかりをね」

――「いちばんむずかしいのは、何があるのかを見ることなんですね」わたしは溜め息をついた。

――「そのとおり」と、ムッシュー・テストが言った。「言い換えれば、言葉をとりちがえないことさ。つくづくと感じとらねばいけないことなんだが、言葉というものは、のぞみのままに排列できるし、言葉でつくる結びつきのひとつひとつが、かならずしも何かに対応しているわけではないんだ。二百ほどの言葉を忘れねばならぬ、それを耳で聞いたら翻訳しなければならない。こうして、《権利》という語はいたるところで、多くの人びとの精神から消去されねばなるまい、だれも眠りこんでしまわぬために」
——「それは辛いな」と、わたしは返事をした。「きびしい話ですよ。もはや過ちは許されないけれど、この過ちというのが好きなんでね」

こうして、われわれの話はもはやいつ終わるともなかった……

ムッシュー・テストの肖像のために

皆様

逸脱＝変性という言葉は、たいてい、悪い意味にとられています。それは正常から逸れて悪化のほうへと向かう動きと理解され、趣味の頽廃や錯乱した話しぶり、また奇異な、ときには違法な行為などによって示される心的能力の変質と風化の徴候とされています。しかし、科学のいくつかの部門では、同じこの語が、どこか病理学的な色彩をとどめながら、何らかの生命力の過剰、内的エネルギーの一種の氾濫を指すこともあり、そしてこれがさまざまな器官や肉体的・心理的活動を異常なまでに発達したかたちで産みだすに到るのです。こういうわけで、植物学には変性植物という言葉が語られ、ある意味では、小麦、葡萄、薔薇、等々……といった、人間がおのれの必要のために利用する植物種の大部分が、それぞれいろいろと役に立ったり美しかったりはするものの、結局、変性と称しうるさまざまな変種を産みだしてきた大昔からの栽培法の産物なのです。われわれは、心理学者の世界で《ムッシュー・テストの症例》という名でよく知られた特異な症例を検討するにあたって、あらかじめこのような考察を前提として申し上げておくことが必要だと思いました。

★

ムッシュー・テストは偶然から生まれた。世のすべての人びとと同じように。彼のもつ精神、あるいはかつてもった精神は、この事実から彼に到来した。

★

ムッシュー・テストについて、確実な像はない。

どんな肖像もたがいに異なっている。

鏡像のない人間。

この幽霊はわれわれの自己であり——彼がみずからそうであると感じているところのものであり——われわれの重量を身にまとっている。

わたしの重量だとさ！　この言葉の意味を考えてみたまえ。

なんたる所有詞か！……

この重量と、その重量そのものをみずからのありよう、――重いとか軽いとか、等々……としているエネルギーとを、いかに区別するか。

★

ムッシュー・テストは証人《テモワン》である。

われわれのうちにあって、全体の産物であり、したがって無の産物であるもの――反作用それ自体、自己への後退。

眼を仮定せよ――見るという行為と見られた像を対立させて――見られたいかなる像も、見る能力を保存するためにそれを破壊するものから補給される――そして、可能的なるものの消費と再充塡とによって、はじめて存在しうる。

ここから、こうした事情の比喩とも主人公ともいうべき個人を想定すること。

★

意識的《コンシャス》――テスト、証人《テスティス》。

あるシステム――「自己」がそのシステムの瞬間的部分に他ならないのに、その部分自体としてはみずから「全体」と信じている――、そんなシステムを、繰り返し、再提示することにみずからの役割を限定している《永遠の》観察者を想定してみよう。

「自己」は、もし――全体であると信じていなければ、けっしてものごとに着手できないだろう。

彼の触れるカグワシキ乳房が、突然、そのありのままに限定されたものとなる。

太陽そのものまで……

あらゆるものの《馬鹿らしさ》が感じられる。馬鹿らしさ、言い換えれば、一般性に対置された個別性。《何かより小さい》ということが精神のおそるべき記号となる。秩序だった可能的なるものの「デーモン」。

みずからの《観念》により、記憶により、観察され、待ち伏せされ、窺われている人物。

★　★

精神の変圧を行う人間たちのうちで、おそらく、かつてあったもっとも完璧な者。

狂人とは正反対の人物である（しかし逸脱＝変性ではある——自然界のなかではあれほど重要なもの——意識的なものと化した逸脱＝変性なのだ）、なぜなら彼は、解離、置換、類似などを極点にまで押しすすめながらも、しかし確実な回帰と誤つことのない逆転操作によって、おそらくつねにより豊かになって戻ってきたからだ。

一切は彼にとって、彼の精神の作動の特殊なケースと思えたのであり、この作動自体は意識的なものとなり、彼がそれについて抱く観念ないし感覚と同一化していた。

精神の果てにある、身体。しかし、身体の果てにある、精神。

苦痛は、苦痛を認識へと変化させてしまうような装置を求めていた——これは神秘家たちがちらりと見かけたが、あまりよくは見なかったことだ。だが、これの逆が、この経験の端緒である。

神は遠くにはいない。神とはもっとも間近にあるものだ。

★

彼においては心理現象は内的交換や諸価値からの分離の頂点にある。思考もまた同様に、(彼が**彼**であるとき)「世界」との類似や混同から分離されており、また他方で感情的な価値からも分離されている。彼は思考をその純粋な偶然において眺めている。

あるいはむしろ彼は、「だれか」を必要とするしかじかの光景に対する反作用に他ならぬ人物なのだ。

外的事象という観念は、組合せに対する制限である。

有意義な想像力とは感情の詐術だ。

こんなにも遠くからどうやって戻るのか?

★

自分の最良の観念、みずから最良と信じる観念——ときにきわめて独特であり、まことにみずからに固有であるので、内的ならざる通俗の言語によるその表現は、それらのうちのもっとも脆弱でもっとも誤った観念を外面的に示すだけにとどまるほどなのだ——そういう観念を他人にわたすまいと執着して。——そして、ある精神を導く舵にとってもっとも重要な観念は、その精神にとって、身体にあわせた衣服や品物と同じくらい独特で、同じくらい厳密に個人的なものでないかどうか、だれが知ろう？——だれが知ろう、あるひとの真の《哲学》が……伝達可能かどうかを？

——それゆえに、みずからの孤立した光に執着して、——テストはこう考えるのだった。国家機密ないしは芸術の秘法のごとき価値をあたえられぬ観念とは、いったい何だろう？……

また、罪とか悪とかに対するように恥じらうことのない観念とは、いったい何だろうか。——なんじの神を隠せ——なんじの悪魔を隠せ。

★

表現という上演行為では、ひとは自分自身に特別な価値をあたえている——自分が端役として登場しようと、姿を見せぬ中心人物だろうと、変わりはない。

しかしながら——自分自身の役を演じる登場人物を、いったいどうやって選ぶのか——この中心は、いったいどのようにしてかたちづくられるのか？

この精神の演劇のなかに、なぜあなたは、「あなた」なのか？——「あなた」であって、このわたしではないのか？

したがって、この仕組はありうべきもっとも一般的なものではない。

かりにそうだったら、……もはや絶対的な自己はない。

——だが、それこそはムッシュー・テストの探究ではないだろうか？　自己から——日常的な自己から身を引きはなし、意識の不均衡性、異方性《アニゾトロピー》を縮小しよう、それと戦おう、それを補償しようと、たえずみずから試みて。

★

ムッシュー・テストが――入ってきて、その《単純さ》によって、その場にいるすべてのひとを打ちのめす。

絶対的な態度――定義しがたい単純性を示すその相貌、その行為。

その他、等々……

――彼は(完全な鍛錬と天性と化した習慣とによって)どんなときも、どんな状況においても、検討をへた与件と定義とに従って、思考する人物である。――すべてのものが自己へと、そしてまた、自己のなかでは厳密へと結びつけられて。精密さと――活き活きとした識別力を備えた人物。

★

この奇異な人物にあっては、もっとも活き活きとし、もっとも明確な思い出でさえ、その精神の現在における形成としてしか現れなかった。そしてしかじかのイメージをともなう過去という感覚自体が、過去とは現在に属する一事実だという観念を――あるイメージのもつ一種の……色彩をともなうものだった――あるいはそれは、精密にして正確な返答の迅速さなのである。

★

かなりな年齢になるまで、ムッシュー・テストは自分の精神の特異性にはおよそ気がついていなかった。だれしも自分のようだと思っていた。ただ、自分のほうが、大部分のひとより、ずっと愚かで、ずっと弱いと思っていた。このような観察に導かれて、彼は自分の弱さに、ときには自分の成功に留意するようになった。自分はもっとも強い人びとより強く、またもっとも弱い人びとより弱いということが、かなりしばしばあるということに彼は気がついた。これに気がついたのは重大なことで、行き過ぎと譲歩とを奇妙な具合に配分するという政策が彼に可能となるのである。

★

ムッシュー・テストの思い出。——テストの友人の日記。

テストのお得意の話題のひとつは、他の話題と同じく空想的な話だったが、芸術家や作家の幻想を抹殺しながら、芸術——「学芸《アルス》」——を維持しようとする企てだった。詩人たちの馬鹿げた自惚れも——小説家の粗雑も、彼には我慢がならなかった。自分のしていることについて明確な観念を抱いていれば、霊感だとか作中人物のもつ生命感など……についての駄法螺《だぼら》より、はるかに普遍的で驚くべき発展へと到るものだと、彼は主張していた。もしかりにバッハが、自分の音楽はさまざまな天体の口述によると信じていたとしたら、彼の獲得したあの澄明な力、透明な組合せのあの絶対的な至上権をもつことはなかったであろう。スタッカート。

（三四年十一月）

ムッシュー・テストの思想若干

自分のなかへは完全武装して入らねばならぬ。

★

自分のなかの《所有者》をくまなく検討してまわること。

抽象語とはおしまいにした、――それらと縁を切った人間の状態。

★

一種の苦悶を創造する、それを解決するために。

★

――自分自身を相手にして行う勝負。

他人たちのうえに、彼らの機構を——量や強度や潜在力を——断じて忘れることなく加えられる操作——しかもこの操作は、ただたんに他人たちを、それぞれに独立した自己自身として扱うだけではなく、機械として、動物として、扱うのだ、——ここからひとつの芸術が生まれる。

★

《これはわたしがとても昔に考察したことのひとつで、わたしにはどうもこれを特に好むという弱さがあるのだが、人間たちは、観察する時間が短ければ短いだけ、それだけたがいに似てくるものだ——そのきわみには、瞬間的には彼らは区別がつかない。またこれはわたしの精神にとって同じく貴重な考察なのだが、類似そのものが同一性にまで増大してしまうのは、彼らの情動の激しさに由来する》

(ムッシュー・テストと比較せよ)。同一化(神経的 - 心的な)の示すこうしたふたつの様相 = 限界がたがいに結びつくものであるかどうかを探究するのは、自然なことである。それに急いでいるだけで充分だ——不意打ち、等々……

したがって限界にもいろいろと条件がある。

★

——思想の根底は石畳の十字路である。

——わたしは不安定な存在だ。

——精神は最大限の可能性だ——そして支離滅裂の能力の最大限だ。

——**自己**は個々の部分的支離滅裂——これが刺戟材となる——に対する瞬間的な返答である。

★

わたしは(可見の)世界から、ただ力しか借りたくない——形態ではなく、形態をつくるのに必要なものを借りたいのだ。

物語はいらない——「装飾」はいらない——岩とか空気とか水とか植物的素材といった物質そのものの感覚——それから、それらの基本的な力の感覚。

そしてさまざまな行為と位相——個人とその記憶ではなく。

★

最初になすべきは自分の領地の巡察だ。

ついで、そこに囲いをつくる、というのも、その領地が他のさまざまな外的状況によって限られていても、自分ののぞんだわけでもないこの区画のなかで、何ものかとしてありたいと願うからである。

人間は自分ではのぞまなかったことをのぞもうと試みるものだ。

彼は、牢獄をあたえられると、それについてこう言う。わたしは自分を閉じこめる。

そして牢獄から出てはこない、——独房の石を数えあげたからといって、独房から出てくるわけでなく、壁面にいろいろな言葉を書きつけることができても、その壁が倒れることもないのと同じだ。

★

色彩の考察で運動を説明しようとは、だれも思いつくまい、ところが、その逆は試みられているし、あるいはかつて試みられた。したがって、ここには不均衡がある。それはおそらくは、われわれが運動の源《みなもと》ではあっても、色彩の源ではないからだ――そしてこういう能力こそが説明の条件であるからだろう。

源、とわたしは言った。それにしても、われわれは何と苦悩や快楽の源であることか。われわれは感じるのだ、《われわれから流れでて来る》何か……(どう言ったらいいかわからない)――変化や――価値や――大きさ、《感覚》――《加速》、このうえなくわれわれのものであると同時にこのうえなく無縁であるもの、われわれの主人であり、われわれのもつ、瞬間の、そして来たりつつある‐瞬間のわれわれであるもの。

これほど変わりやすく、照合相手をもたぬこの根底――このうえなく重要だが、このうえなく不安定な関係を《思考》とのあいだに結んでいるこの根底を、いったいどう描くべきか。ただ音楽にのみそれは可能だ。意識の諸現象――イメージとか観念といった――を支配する場のようなもの、そういう場がなければ、そうした意識の諸現象は組合せにすぎないだろう、あらゆる組合せのシンメトリックな組成でしかないだろう。

ムッシュー・テストと比較せよ――組合せのこうした客観性とここで問題としている場との、叙事詩的な対立。

精神は個々の人びとにかかわってはならぬ。
個々ノ人ビトニカカワッテハナラヌ(1)。

★

ある人にとって——ここで、ある人というのは、本質的に唯一無比で孤独な人という意味だが——真に重要なのは、まさしく、自分は孤独だとその人に感じさせることに他ならない。

これこそが、彼が真に孤独であるとき(肉体的に他人と一緒にいようと)、彼に現れてくるものなのだ。

★

みずからの情動を、愚劣、衰弱、無益、愚鈍、欠陥と見なすこと——船酔いや高所での眩暈のように屈辱的と見なすこと。

……われわれのなかの、あるいはわたしのなかの何かが、精神に対する魂の創造力に反抗する。

★

……ときどき、肉体とも感受性とも**自己**への関心とも完全に無縁な**何者**かが、語りだすことがある。

その者は、生を、死を、危険を、情熱を、存在のうちのすべて人間的なものを、冷ややかに眺め、冷ややかやかに規定する、——まるで自分がひとりの他者であるように、まったくの知力そのものに他ならぬ証人であるかのようにして……

それは魂なのか？

まったくちがう。これがいわば、一切の《情動性》の彼方にあるからだ。これは、残余のものに対する一種の独特な軽蔑と、そこからの離隔をともなった純粋認識である——ちょうど眼が自分の見ているものを見たとしても、そこに色彩的ならざるいかなる価値もあたえないように……　これは死刑執行人の上着のボタンを数えるようなものだろう……

★

わたしは自分の知っているものを——自分に可能なものを、軽蔑している。

わたしに可能なものは、わたしの肉体と同じ弱さないし力を備えている。わたしの《魂》は、わたしにはもはや何も見えなくなった地点、もはや何もできなくなった地点——わたしの精神がみずからのまえに道を閉ざしてしまう地点においてはじまり——このうえない深みから戻ってきて、測深の糸の目盛りの示すところと、梁《やな》のもたらした、何ということもない淵からつかまえてきたみじめったらしい獲物を見て、憐憫の情をもよおす…… これだけの捕獲のために、何という苦しみ、何という幸せを味わったことか！ それに、みながたがいに答えあっていることをまえにして、悩み苦しむのと歓喜するのと、どちらがより滑稽だろう？

★

人間の唯一の希望は、おのれの苦しみを減らし、おのれの楽しみを増大させる行動手段を発見する、つまり、おのれの感受性自体に従って、おのれの感受性そのものに働きかけることができるような力を直接または間接に、おのれの感受性にあたえる行動手段を発見するところにある。

これまでこの方向に沿ってなされてきたことの決算が、ここに示されている。感受性がすべてであり、すべてを支え、すべてを評価する。

★

《観念》はわたしにとって変形の手段である——したがって、何らかの変化の部分ないし瞬間である。

人間の個別の《観念》は、《それぞれある疑問を変形する手段である》。

★

きみは、きみが「自己」と呼ぶさまざまな秘密に満ちている。

きみは、きみにある未知なるものの声だ。

★

他人の感情など、わたしは何の必要も感じないし、そんなものを借りてきたところで、いささかの悦びもない。わたしの感情だけでわたしにはこと足りる。情事などというものは、なるほどわたしを楽しませてはくれるが、ただし、造作なくそれを変更できるということに気がつかぬかぎりにおいてだ。

★

わたしは何も必要としない。この必要という語でさえ、わたしには意味をもたない。だから、わたしは何かをつくりだすことになる。自分にひとつの目標をあたえることになる。とはいえ、わたしの外部には何もない。――わたしはさらに、自分にすこし似ている存在たちをつくり、彼らに眼と理性をあたえよう。それからまた、きわめて漠たる生存感をあたえよう、それらの存在が、わたしから付与された理性によって、わたしの生存の否定に到る程度の漠たる感じである。そして彼らの眼は、かぎりない事象を眺めても、このわたし自身は眺めないというふうに、つくられるだろう。

これが実現したら、わたしは、わたしを推測すること、自分たちの眼に逆らってわたしを眺めること、そして自分たちの理性に逆らってわたしを定義することを、掟として彼らに課すだろう。

そうしてわたしはこの謎に対する賞金となろう。この判じ絵を宇宙とみなすであろう人びと、わたしが発明したこれらの器官や手段をはっきりと軽蔑していて、それらの明証性と明白な思考とに逆らって結論をくだすことができるであろう人びと、――そういう人びとに、わたしは自分を知らしめるのだ。

★

わたしは世界のほうへは向いていない。わたしは顔を**壁**のほうに向けている。壁の表面の何ひとつとして、わたしに未知なものはない。

★

わたしにとって――と、彼は言う――もっとも激しい感情でさえ、そのなかに、何かしらをともなって現れてくる――あるひとつのしるしをともなって――それがわたしに、そういう感情を軽蔑せよと命じてくる。——ひとたび泣いたり、笑ったりすると、単純に、わたしはそれらの感情が、わたしの王国の彼方からやって来るのを感じる。

★

苦痛は、身体のある局部的な配置に対する意識の抵抗に由来する。——苦痛は、われわれが明瞭に考察できれば、またいわばその輪郭を描けるようならば、苦しさのない感覚と化するだろう——そしておそらくわれわれは、それによって、われわれの身体の深部について何かしらを直接認識することになるだろう——われわれが音楽のなかに見出している認識と同じ領界にある認識だ。苦痛はきわめて音楽的なもので、苦痛のことをほとんど音楽の語彙で語れる。重々しい低音の苦痛があり、鋭い高音の苦痛がある、アンダンテ、フリオーソ、延音、フェルマータ、アルペジオ、反復進行——また、突然の沈黙、等々……

★

そうなんだ(ムッシュー・テストが言う)。本質的なものは生命に逆らう。

★

自由——普遍性。

わたしがしたり考えたりすることは、すべて、わたしの可能事の「見本」にすぎない。

人間は、その生活や行為より、もっと普遍的なものだ。彼は、自分の認識しうる以上の予測可能事態を受けいれるように、いわば準備されている。

ムッシュー・テストは言う。わたしの可能事はけっしてわたしを捨て去りはしない。

★

——そして、デーモンが彼に言う。おれに証拠を見せろ。おまえが、いまでもなお、おまえみずからが、こうだと思ったとおりの人間に他ならぬことを証明してみろ。

ことはつまり、ゼロからゼロへの移行だ。――そして、それが人生なのだ。――無意識にして無感覚から、無意識にして無感覚へ。

見ることの不可能な移行、なぜならこの移行とは、見ないことから見ることへと移ったそのあとで、見ることから見ないことへと移ることなのだから。

見ることは存在することではない、見ることは存在することを含む。厳密に言って、存在することではないのだ、見るということは。ひとは、見ることなしに存在しうる、これは、見ることにはさまざまな断層があるという意味だ。――ひとがこの断層に気がつくのは、不意に訪れる変化によってだが……そういう変化は、記憶と呼ばれるひとつの見方によって開示される。《現在時の》見ることと《思い出》としての見ることとのあいだの差異は、それが不連続的であるならば、そして現在時の見ることに包みこまれていないとすれば、中間的な《時間》に帰する。この仮定は、これまで過ちとされたことはない。

事象のうえに向けられる異様な眼差、これは見知っているということのない人間の眼差、この世界の外にある眼差、存在と非存在との境としての眼――それは思想家のものだ。またそれは、臨終の者の眼差、ものを見分けられなくなった人間の眼差でもある。そういう点で、思想家とは臨終の者であり、あるいはラザロである。随意にどちらを選んでもいい。いや、それほど随意ではないか。

ムッシュー・テストはわたしに言った。

――お別れだ。もうすぐ……おしまいに、なる……あるものの見方がね。たぶん、だしぬけに、いまにも。たぶん、今夜あたりか、衰弱して、それも衰弱だかなんだか自分でもだんだんよくわからなくなって……　けれど、わたしは生涯この瞬間をめがけて努力してきたんだ。

間もなく、たぶん、けりがつくまえに、あの重大な瞬間を手に入れ[1]ることになる――で、たぶん、恐ろしい一瞥のうちに、わたしは自分のすべてを捉えることになるだろう――不可能かな。

論理の進め方は臨終の苦しみのため変質し、苦痛が数しれぬ悦びの像を浸し、恐怖が過ぎ去った数々の美しい時に結びつく。

それにしても、死とは何たる誘惑であることか。想像できず、しかし、欲求と恐怖のさまざまなかたちを交互にとりながら、精神のなかに入りこんでくるもの。

知的な最期。思考の葬送行進曲。

訳　注

§『序』

（1）この「序」は、ロナルド・デイヴィスによる二度目の英訳 *An Evening with Mr. Teste*, translated by Ronald Davis(1925)がパリで刊行されたとき、フランス語のまま、そこに添えられた。『コメルス』誌第四号(一九二五年春)にも掲載された。なお、最初の英訳は、ヴァレリーとも親しく、パリに文学サロンを開いていたナタリー・クリフォード・バーネイによるもので、ニューヨークの『ダイヤル』誌第七二巻第二号(一九二二年二月)に掲載された。

（2）「イッポグリフォ」は鷲頭馬身で翼をもつ怪物。イタリアの十六世紀の詩人アリオストがその作品のなかで造語・創造した。「キマイラ」はギリシア神話の怪物、頭はライオン、尾は蛇、胴は山羊で、口から火を噴く。

§『ムッシュー・テストと劇場で』

（1）原文ラテン語。ヴァレリーはアドリアン・バイエ著『デカルトの生涯』の序文のなかでこれを見つけた。デカルトの伝記を書こうと計画したバイエが、そのための資料を集めようとして、デカルトの遺稿整理にあたったアムステルダム大学哲学教授ヨハンネス・ラエイウスに、ファン・リンボルクなる人物を介して協力を求めたときの、ラエイウスからリンボルク宛の返事のなかに、この言葉があった。

(2) ここの原文は“Je rature le vif...”。きわめて両義的な文で、まず“raturer”は「削る」「削って仕上げる」「訂正する」という意味の動詞だが、語源的には「線を引く」。そこから原稿や校正刷などで「線を引いて削除する」という意味になる。また“le vif”は「生ま身の肉体」という意味の他に、「現在時のひらめき」という意味ももつ。だから、「ひらめくものを推敲する」と訳してもいいわけだ。(モンペリエ大学のヴァレリー研究者セルジュ・ブルジャ教授から訳者宛に示された解による。)

(3) ここの原文は“il les arrosait de nombre”だが、arroser A de Bという言いまわしは、「Bなる液体をAに注いでうるおす」という意味。同じくセルジュ・ブルジャ教授は、「ムッシュー・テストが庭師になったように如雨露《じょうろ》を手に、観念の温室に水を撒き、草花＝思念の成長を見守る」という「楽しいイメージ」の浮かびあがる言い方だと言う。

(4) この作品の時代には、オペラ座のボックス席はどこかの家が年間予約をしているのがふつうで、ここでムッシュー・テストはそういう人から一晩だけ席を借りたのである。

(5) 「穴の縁」とは、一区画ずつ小さな仕切りになっているボックス席の舞台側の縁とも思えるが、ヴァレリーがこの「オペラ座での観劇」に関連して描いた二、三の版画で(「解説」一八三頁の図版参照)、いわゆるイタリア式劇場の内部の全体を、いわば「穴」に見立てたような歪んだ楕円形で表現しており、『ムッシュー・テストと劇場で』の初版本でも、そのかたちを図案化したものが表紙に印刷されている。ここから推測すれば「穴」は劇場の内部空間それ自体である。なお、場内のむんむんした熱気や、図版として示したヴァレリーの版画の性的暗示を考えに入れれば、この「穴」という語と、すぐ前の「金色の円柱」や、「真っ赤」になったムッシュー・テストの立像という男根形象《ファリック・イメージ》との連関は否めないだろう。

(6) オペラ座のボックス席の内側は暗赤色の布張りになっている。

§ 『友の手紙』

(1) この作品は、はじめ『コメルス』誌第一号(一九二四年夏)に発表されたときは、ただ「手紙」*Lettre* というだけの標題をあたえられ、末尾に「ポール・ヴァレリー」と著者名が記されていた。つまり、初出では「ヴァレリー自身の手紙」という扱いだったのである。ついで、一九二六年刊の最初の『ムッシュー・テスト』合冊本に、「友の手紙」という標題のもとに収められた。だが、「ムッシュー・テスト」関連作品を集めた一九三一年刊の『著作集B』では、《書簡数通》*Quelques épîtres* という総題のもとに、ピエール・ルイス(一八七〇〜一九二五)宛の書簡などと一緒に巻末に、しかし「友の手紙」という標題を添えて収録されている。ここでもまた、「ヴァレリー自身の手紙」として扱われていたわけである。

合冊本では(『著作集B』を含めて)、次のような原注が付されている。

はっきりした物的証拠があるわけではないが、この手紙はムッシュー・テストの友人である作家から彼に宛てて書かれたと、若干の識者によって認められている。そこでわれわれは、この合冊本に加えるべきだろうと考えたが、不可欠というわけではなく、手紙は手紙で独立に扱ってもいい。

(2) 実際、このあたりでの原文では「直説法半過去」のかたちの動詞がたくさん使われている。だが、「直説法半過去」imparfait de l'indicatif の "imparfait" には「不完全な」という意味があり、このあたりの叙述でフランスの政界・文壇や社会事情の「不完全」を語っていることにかけてある。

(3) 事実、この作品を発表したころヴァレリーは「晦渋な作家」という評判だった。一九二七年、彼がアカデミー・フランセーズ会員となったとき、彼の入会謝礼演説に対するガブリエル・アノトーの返礼演説は、「あなたは難解な作家です」という言葉で始められている。

(4) ラシーヌの戯曲『イフィジェニー』の「序文」の末尾に、クィンティリアヌスのこの言葉が引用されているが、ラシーヌはそこで、まずみずからのフランス語訳を引いてから、このラテン語原文を引くというかたちをとっている。ヴァレリーの引用には省略があるので、ここではラシーヌのフランス語訳によらなかった。なお、この引用はクィンティリアヌス『弁論術入門』第十巻一章二六節より。

§『マダム・エミリー・テストの手紙』

（1）　これが『コメルス』誌第二号（一九二四年秋）に「手紙」という標題ではじめて発表されたときは、「編集部覚書」として以下の文章が添えられていた。『コメルス』誌はポール・ヴァレリー、レオン＝ポール・ファルグ（一八七六〜一九四七）、ヴァレリー・ラルボー（一八八一〜一九五七）の三人を編集同人とする季刊の豪華版文芸誌で、この「編集部覚書」はその行文・文体からヴァレリーの手によるものと推測できる。

編集部覚書

われわれ編集部のひとりは、三十年以上まえ、たまたま、まったく特異なある人物と知り合いになって、その人物の小さな肖像を描き、それは、一八九六年、『サントール』誌に「ムッシュー・テストと劇場で」という標題のもとに発表された。問題のこの奇人の消息は絶えたままで、彼としては改めてこの人物とかかわりをもつなどとはほとんど期待していなかったところに、ほんの数日まえ、この人物と関係のあるかなり驚くべき手紙を渡された。

この手紙(渡されたのはタイプ・コピーだけだが)は、どうやら、ムッシュー・テストのまぎれもなく伴侶そのひとの発信である。これによれば、かつての孤独者は結婚したようで、いま彼は地方に住んでいると教えている。

しばらくためらったのち、われわれは、手紙の文面にいろいろと疑わしい感じが残るのだが、これを発表することを決定した。この文書の内容も出所も、すべて何やらうさんくさい。ここに見出されるのは、ほとんど女性の言葉ではなく、むらのある奇妙な文体によってというより以上に、表現にある種の慎みと謙遜のなさが見られることによって、一層そう言えるのだ。この書簡が恥じしらずの捏造ではないかという不信の想いがわれわれにはつよいし、マダム・テストの実在についてもわれわれの印象は否定に傾いている。それどころか、われわれはいぶかしく思ったのだ、この手紙自体もムッシュー・テスト本人が、何か説明のつかぬ意図からでっち上げたのではないか、と。

ともあれ、われわれはこの数ページを、まったく資料的な意味で、真正性に関してはいかなる保証もなしに公表する、ここに語られた物語が全体としていかにも嘘のようだが、その若干のページは興味深く思えたからである。

（2）「飛びまわる蠅」の原文 "mouche volante" には「飛蚊症」――何もないのに視野のなかに小さな斑点が生じ、それが動きまわる病気――という意味もある。

（3）「天使」という観念はヴァレリーにおいて独特な意味を担っている。まず、「キューピッド」のように「愛らしい天使」という考え方とはまったくちがうことを言っておこう。ヴァレリーが言葉遊びのように、「無縁な《エトランジェ》」＝「奇異な《エトランジェ》」＝「天使であること《エートル・アンジュ》」と《カイエ》に書いているように、「天使」とは、いわば人間的なありようとは「無縁」な、見るからに「奇異」な姿を示すものなのだ。人間社会のしきたりや記号の意味するところをまったく受けとめないような、ある遠い地平から見つめるような主体のありよう、というのに近い。若いヴァレリーと親しかった画家のドガは彼のことを、そういう意味で、しばしば「天使」と呼んだ。友人のアンドレ・ジッドも彼のことを「人間ではない」と言ったようだし、ヴァレリー自身、「まるで習慣から目覚めたとでもいうように」、事象が「奇異」に見えるような状態になったとき、「そういう点で私は《天使》だ」、そんなとき「私は私の顔を、私のさまざまな特性を、そしてすべてを、まるで雌牛が汽車を見るように見つめる」と《カイエ》に書いている。(1923, VIII. 880) そんなとき、ここに書かれているように、まるで放心状態にあるかのようなので、女友達から「うつけたひと」という渾名をつけられたほどだ。

（4）雑誌初出では、ここは「あれほどたくさんの非人間的な探究のあと、何という度を超えた離隔や、何という怪物じみた沈黙のあとで」となっている。『エミリー』初版本や『ムッシュー・テスト』合冊本初版を調べることはできなかったが、調べえたかぎりで、一九二七年刊の二回目の合冊本(テクストについては合冊本初版と等しいとされている)から、訂正がなされている。

(5) イッポグリフォについては、『序』の訳注(2)参照。ケンタウロスは馬身で腰からうえが人間の姿をしたギリシア神話の怪物。スフィンクスは人頭でライオンの身体をしたギリシア神話の怪物。

(6) これらはいずれも植物分類上の種名を現す言い方で、こうした種名を属名のあとにつけて、それぞれの植物の学名とする。

§『ムッシュー・テスト航海日誌抄』

(1) 『コメルス』誌第六号(一九二五年冬)に初出。以下の断章は、だいたい一九〇四年から二〇年ごろのあいだのヴァレリーの《カイエ》から抄出されたものである。たとえば冒頭の「ムッシュー・テストの祈り」は一九一八年の《カイエ》(ファクシミレ版《カイエ》第七巻二三八ページ、プレイアード版《カイエ》選集では第二巻の「小抽象詩」の部門にあり)、また「ガラスの男」はファクシミレ版第三巻四四〇ページ(一九〇四年)にあり、同じくプレイアード版《カイエ》選集第二巻の「小抽象詩」の部門に収録されている。ただ、すべての断章の出所を見出すことはできなかった。

（2）　ジョゼフ・ド・メーストル（一七五三～一八二一）　フランスの政治家・作家。この断章のよったド・メーストルの原文は、「わたしはならず者の生活がどんなものであるかは知らない。ならず者であったことがないからだ。しかし、品格ある紳士《オネー・トム》の生活とはひどいものだ」。

（3）　ポルティウス。十六世紀イタリアの哲学者シモーネ・ポルツィオのラテン名。霊魂不滅論への反論で知られる。あるいは、ガフィオ辞典によれば Portius は Porcius に等しく、つまり Marcus Porcius Cato 通称大カトーないし監察官カトー（前二三四～一四九）のこととなる。いずれにせよ、この文脈との関連は不明。

（4）　ロナルド・デイヴィス版に従って、この断章はアステリスクにより前の断章と区別されていると解する。

（5）　同じくこの断章もアステリスクによって前の断章と区別されていると解する。なお、ロナルド・デイヴィス版では詩句が同じで順序が変わっているところがいくつかあるが、あえてその異同は特記しない。

（6）　同じくこの断章もアステリスクによって前の断章と区別されていると解する。

（7）　初出誌では「瞑想の習慣…」ではじまる段落と「あたかも、極度の希薄化…」ではじまる段落はそれぞれに、ちがう位置に独立した断章として置かれていたが、ロナルド・デイヴィス版では、「精神の富者」の断章につづく位置に、それぞれアステリスクで区切られて置かれ、『著作集』版でそれらのアステリスクが除かれた。
（8） この部分の原文は誤植と判断し、対応するファクシミレ版《カイエ》に従って訳した。
（9） ここも、アステリスクにより前の断章と区別されていると解する。

§『対話』
（1） フロランス・デュ・リュッシーの『ヴァレリー詩集「魅惑」草稿研究』によれば、この断章は十九世紀の末ごろ書かれ、一九一七年に『ムッシュー・テストと劇場で』の再刊が検討されたとき、そこに新たに添えるかどうか問題になったという。

§『ムッシュー・テストの思想若干』
（1） 原文は、直前の文章から「精神は」という主語を除いたかたちのラテン語。ヴァレリーが自分の書いたフランス語をラテン語訳したのか、はじめにこのラテン語がどこかにあって、そこからフランス語の文章を考えたのか、不明。

§『ムッシュー・テストの最期』
（1） ジャン・スタロビンスキーは、この「わたしは自分のすべてを捉える」と訳した部分が「わたしのまるごとの姿が現れる」という意味にもなると指摘している。Jean Starobinski : Monsieur Teste face à la douleur, in *Valéry pour quoi?*, éd. Les Impressions nouvelles, 1987, p. 94.

解　説

『ムッシュー・テスト』はポール・ヴァレリーの残したただ一冊の小説集である。ごく短い数篇の小説と断章群とからなる本だが、とりわけ『ムッシュー・テストと劇場で』に描かれた主人公の特異な姿と、『マダム・エミリー・テストの手紙』や『友の手紙』による補助線とによって、エドモン・テストというこの人物はまるでヴァレリー自身の分身のように見られた。

ポール・ヴァレリーは、一八七一年に南仏の港町セートに生まれ、一九四五年にパリで死去、国葬の礼を受けたフランスの文学者である。以下、若いころのヴァレリーと深く結びつく『ムッシュー・テストと劇場で』という特異な小説を中心にして書く。

内的危機からの発展

小説『ムッシュー・テストと劇場で』は一八九四年ごろから構想がはじまり、主要部分は一八九六年の夏に書かれた。発表されたのは雑誌『サントール』第二号(一八九六)である。しかしその源は、一八九一〜二年のころのヴァレリー自身の経験した激しい内的危機に遡らねばならぬ。

青春の危機がすべてそうであるように、ヴァレリーの内的危機も多面的な様相を示していた。ヴァレリー自身がある詩人の《危機》について言った、「さまざまな野心、権力、理想、思い出、そして予感の、つねに悲劇的な対決、人生が引き裂かれた魂に提示するあらゆる矛盾の要素、あらゆる対立的命題の闘争」という言葉は、そのままヴァレリー自身にもあてはまる。

若いヴァレリーは早くから詩を書きはじめ、友人たちからも一目おかれ、批評家にも認められていた。そして、若い才能ある詩人の多くがそうであるように、野心的な大作を構想して、当然のようにみずからの技量の不足を感じはじめる。まだ十九歳にもならなかったこの詩人がマラルメとランボーの詩を知ったのは、そんなふうに彼が眼高手低に悩んでいるころだった。先達のすぐれた詩人たちの作品に衝撃をうけたとき、多く見られる反応のひとつは、その先達たちの作品を模倣し、そこから大きく影響をうけながら、みずからの方向を見定めていこうとする姿勢である。ヴァレリーも、いくらかはそうだった。だが、すでにみずからの才能に疑いを抱きはじめ、しかももともと繊細さを誇り高さで包みこむ性向のヴァレリーは、マラルメやランボーの圧倒的な及びがたさをまえにして、複雑な反応を示す。もうひとりのへぼ詩人が生まれたって何になる、自分に何ができるのか、――彼はこのような自問とともに自己否定と自己主張とが背中あわせになったような自意識過剰の渦のなかに巻きこまれていった。

そこに、ふと街角で見かけただけの、年上の夫人に対する奇妙な恋愛事件が介入してくる。実情はあまりよくわからないのだが、たぶん話しかけたことも、はっきりと対面したこともなく、ときどき海岸で、あるいは街なかで見かけるだけの女性である。教会で祈る彼女をうしろからじっと見つめていたということもあったらしい。ただそうやって悶々と苦しみ、彼女に触発されたいろいろな断片を書きとめたりして、ついには恋文を書くに到るのだが、それも何度も書き直して、結局出さずじまいになる。(言うまでもなく、相手の夫人のほうは、そんなヴァレリーの存在などまったく知らない。)残されたそれらの草稿を読むと、まったくひとり合点の恋愛と、ずっと詩を書いてきた若者の内面の渦とが入り混じり、溶けあっていて、結局、それらを書くことはいかなる解決にもならず、内部の危機をあおり立てることにしか役立っていない。

これもまたあまり明瞭ではないのだが、危機は一八九二年の夏から秋にかけて、二度の臨界点を経験したらしい。一度は夏の終わり、ヴァレリーが母方の親戚のいるイタリアのジェノヴァに滞在していたときのことである。とある嵐の夜、長くつづいた自己審問の緊張のため、あまりにも過敏になっていた彼の内面と、嵐の夜空にきらめく稲妻とがまるで共鳴作用を起こしたかのように、彼は、いわば内面の危機が転倒して何ごとかを開示するかのような精神状態を経験したらしい。後年のヴァレリー評価で、この《ジェノヴァの夜》を詩人の回心の劇のように見なすことも多かったが、すくなくともこの夜に一気にすべてが変化したわけではなかった。同じ年の秋、たまたまパリに出たヴァレリーが、とある劇場に入ったとき、近くの席に問題の夫人がいると幻覚して、惑乱のあまりそのまま劇場を跳びだしたという二度目の臨界状態が起こっているのである。嵐の夜に何があったにせよ、危機は依然としてつづいていたわけだ。

緊張のあまりの何かしれぬ決意と、内面のやわらかな部分を不意に襲われた惑乱、——そういう臨界状態をへたあと、ヴァレリーは何とかして自己を恢復しなければならない。彼は、自分を混乱させる観念、欲望、心象、反応、妄想のすべてを、そんなものは「心的現象にすぎない」と見なすことによって、それらの跳梁からみずからを防御しようと試みる。後年の言葉に従えば、「あらゆるもの、あらゆる与件、感覚、感情、持続、観念のあいだに、数量的関係と同じような関係があるにちがいないという確信を抱い」て、その探究に乗り出した。友人のアンドレ・ジッドに宛てた手紙から引けば、「心の跳梁、狂気、かぎりない優しさという一見計量しがたいものの自分自身の計算機であること」を求めたのだ。

内的危機は内省をともなうものであり、そういう内省はほとんどいつも何かしらを書きとめることをとおして行われる。ごく若いころから、文学的考察や心に浮かぶ思念などを、手当たりしだいの紙に断片的に書きとめていたヴァレリーは、一八九四年夏から、レオナルド・ダ・ヴィンチの《手帖》にならって、一冊の帳面《カイエ》に、具体的な日記ではなく、みずからの「心的現象」の分析を含めて、さまざまな基軸に沿った精神の活動性についての省察と抽象的な探究を記しはじめた。この営みは結局のところ、のちの彼自身の言葉によれば、「日の出まえ、ほの明かりのころ、燈と太陽のあいまに寝床をはなれるや否や、この澄明な深い刻限に、おのずと浮かぶことを書く」というかたちで生涯をとおして書きつづけられ、二万数千ページもの神話的な《カイエ》となる。

ときには心理現象の数学的処理を試み、またさまざまな関心に導かれて、そのときどきに浮かぶ思念を、捉え、追跡し、分析して書き記す。そういう操作は、まず第一に、瞬間的な思念をいかに的確に捉え、分析し、記述するかという独特なエクリチュールの技術を要請するし、そういう試みを持続的に行うことは、一方ではエクリチュールの技術を鍛えあげ、他方では繰り返される内省の積み重ねとして、内界への照射の度合をすこしずつ増してゆくだろう。

そんなふうにして、《カイエ》による内界の探索と自己訓練をはじめて間もないころ、一八九四年の秋に、ヴァレリーはアンドレ・ジッドに宛てて、こんな手紙を書いている。

ずっとまえから、ぼくは死のモラルのなかに生きている。明白きわまりないこの事実が、ぼくの思考に動きと生命をあたえているのだ。ぼくが本当にのぞんだのは、すべて、「終わり」という語を明記しながらのぞんだものなのだ。ぼくはつねに、自分を潜勢的な個たらしめるように行動してきた。すなわち、ぼくは戦術的な生き方より戦略的な生き方のほうを好んだ。自由に使えるものがあって、しかもそれを使わないというありかた。

この世でもっともぼくを驚かせたのは、だれひとりとして極限にまで行ったことがないという事実だ。

ここには大きく見てふたつのことが語られている。まず、「死のモラル」、つまり生きてゆくうえの基軸に死を据えること。——ヴァレリーがこの危機の年に書いたと推定されている試論『人間、この死すべきものについて』に展開された理論である。ヴァレリーは「大宇宙の持続を、各要素の可能な組合せのすべてが実現されるために必要な時間」とする考え方を基準として、人間という小宇宙の「生の持続時間は、その存在がそれであるところの組合せの総和と正確に等しい」という命題を抽きだす。しかし、ふつう人間は内なる可能的な組合せのすべてを汲みつくして死ぬのではなく、死は組合せの実現過程の中断としてやってくる。ここから、ふつうは中断としてある死に対して、内なる可能的な組合せのすべてを汲みつくした、その終結点における死を対置させるという考え方が生まれる。こうして、死を視野に収めたうえで、可能なかぎり意識的であることによって、可能的な組合せのすべてを汲みつくそうとする姿勢、——それが「死のモラル」という言葉に託されていた。(ここに収められた小篇『ムッシュー・テストの最期』に、この「死のモラル」をのぞくことができる。)こういう考え方のすぐとなりに、人間の「可塑性」に思いをこらし、「存在する一切をただ自分だけのために変形し、自分のまえに何が差し出されようと、それを手術してしまう」ムッシュー・テストがいることは明らかだろう。

さらにつづけて、ムッシュー・テストの生を律するもうひとつの倫理が語られる。「自分を潜勢的な個たらしめる」こと、「自由に使えるものがあって、しかもそれを使わないというありかた」――そのようにムッシュー・テストは、「独自の成果を挙げようと、それを世に示すことなど軽蔑して」、「告白することなく死んでゆく」。

こうして、ひたすらみずからの「可塑性」に働きかけ、すべてが可能であって、しかも何も示さず、何もしないありようをめざすという、いわば倒錯した理想像が若いヴァレリーのなかに宿るに到った。

独特な二重構造

『ムッシュー・テストと劇場で』は、あるひとりの語り手がムッシュー・テストについて語るという構造になっているが、ここの語り手は、「馬鹿なことは得意ではない」という書き出しからはじまる部分で明瞭なように、もはやかなりな年齢である。この語り手は、「すぐれた人物だと驚くためには、そのひとを見なければならぬ、——見られるためには当人みずからが姿を現さねばならぬ」という論理に従って「自分の名前について愚かな妄想にとり憑かれる」ことをつよく拒否し、自分を目立たせるということを一切放棄している。

この語り手にはそれ以上の性格づけはなされていない。自己主張の拒否という、いわばひとつの強い屈折度を除いてこの語り手はほとんど透明な存在なのだが、「もっとも強靭な頭脳、もっとも明敏な発明家、もっとも正確に思想を認識するひとは、かならずや、無名のひと、おのれを出し惜しむひと、告白することなく死んでゆくひとにちがいない」と夢想している。そのような語り手のレンズをとおして、「われわれの知らぬ精神の法則を発見し、自分の意識的な研究成果の適用をついには機械的たらしめる」に到って、なお、ささやかな株の取引でひっそりと暮らしているムッシュー・テストの像が浮かびあがる仕掛けになっている。(言い添えれば、「株」の取引とは、いわば無名の金が動くだけで、現代社会のなかで、もっとも他者との交渉のすくない職業である。)

そういう語り手に従ってムッシュー・テストの像を知ってゆくにつれて、わたしたちは、しだいに、この語り手をムッシュー・テストとよく似た人物のように感じてくる、というか、まるでこの小説の構造が向かいあわせに置かれた二枚の鏡の装置のように思えてくる。

後年のヴァレリーはこの小説のいくつかの情景を版画や淡彩画に描いているのだが、そのなかにひとつ、きわめて注目すべきものがある(口絵参照)。簡素な机と椅子と衣装箪笥しかない部屋にいるふたりの男を描いたその画では、ひとりは正面を向いて椅子に坐り、やや右に傾けた顔に左手を添えていて、そのまえにもうひとりがこちらに背を向け、身体を右に傾けた姿勢で立っている。さらに坐ったほうの人物の背後にある衣装箪笥の鏡には、坐った男の背中と立った男の正面像が映っている。このふたりは、同年輩であるばかりか、画のなかに描かれた姿も、画のなかの鏡に映った姿も、ともに鏡像的な相似=照応関係にあり、どちらがテスト、どちらが語り手か弁別不能である。明らかにヴァレリーは、この小説のふたりの人物の鏡像的関係を踏まえたうえで、この画を描いた。

語り手と語られる人物がほぼ鏡像関係にあり、そうした語り手「わたし」がまず、みずから理想と考える「強靭な頭脳」について語り、つづいてその「わたし」がこの理想をほぼ体現したと考えられる人物に出会って、その人物について熱狂的に語る。こういう小説装置を読みすすめてゆくわたしたちは、語り手の憑かれたような口調にいわばあおり立てられるようにして、ムッシュー・テストの像を想い描き、それに惹きつけられてゆく。規則正しい歩調で歩き、食事はまるで「下剤でも飲んで」いるように素早く、挙措動作において「操り人形を殺して」いるというような、やや喜劇的な描線がかえってこの人物像に現実感をあたえる。ムッシュー・テストの話を聴いていると、「自分がみるみる後じさりに遠のいて、家々、空間のひろがり、街路の移りうごく色彩、そここの街角……に溶けこむような感じがする」という言葉、「この精神が事物を操作し、混ぜあわせ、変化させ、連絡をつけ、そしてまたみずからの認識の場のひろがりのなかで思うままに切断し、屈折させ、照らしだし、こちらは凍らせ、あちらは暖め、沈め、高め、名をもたぬものは名づけ、おのれの望んでいたものを忘れ、あれやこれやを眠らせ、あるいは彩る」と、ムッシュー・テストの精神の活動を比喩的に描く言葉は、彼をじつに活き活きと浮かびあがらせる。標題から言っても小説のクライマックスをなすオペラ座の情景のムッシュー・テストは、隠れたかたちで内的緊張をつづけてゆく姿を圧倒的に力づよく感知させるし、そしてまた「任意」というのにふさわしい「純粋にして平凡な」部屋のなかで株式市場の変動を「一篇の詩」のように話し、やがて寝床に入ると、昼間の内的緊張のゆえか苦痛の声を挙げても「苦痛の幾何学」を語りつづける就寝まえのムッシュー・テストの像はじつに印象的である。このように語り手によって方向づけられてくっきり描きだされるために、すべてが可能でしかも何もしないという、いわば倒錯した人物像が、わたしたちには何の不自然もなく感じとれるのだ。これはいわば、小説を絶滅する能力を描いた小説なのである。しかもそうした語り方をとおして、若いヴァレリーが孤独のうちに、みずからの想いをつよく夢みようとしている姿勢もまた透かし見えてくる。

「ひとりの人間に何ができるか?」

オペラ座の情景をもうすこし詳しく見てみよう。劇場を満たす全員が「舞台に魅惑されて灼熱」しているなかで、ムッシュー・テストは、いわば劇場を構成する一切の記号の仕組を解読することによって、舞台のとりことはならず、そこから自由になろうという努力をつづけている。「劇作家になったらすごかったでしょうね」と語り手から言われるムッシュー・テストだが、ここでの彼の姿勢はむしろ演出家、それも舞台のうえに何かを出現させようとつくりあげてゆく演出家というよりは、舞台上のものを構成要素

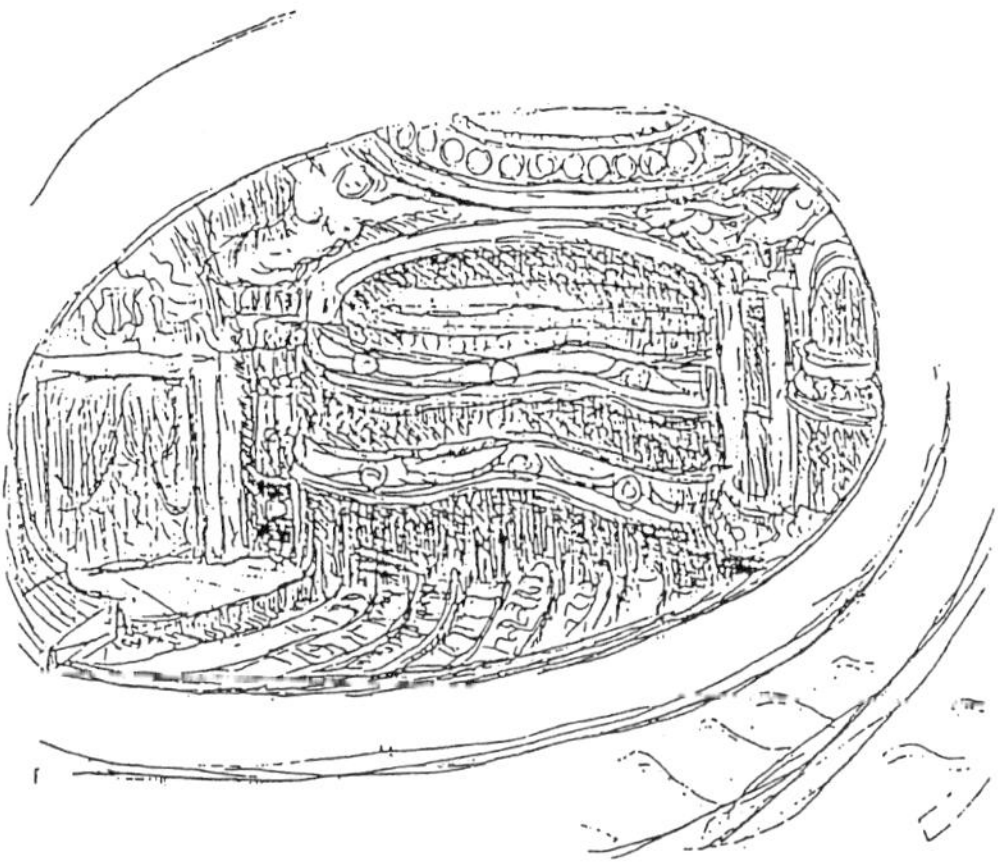

『ムッシュー・テストのアルバム』所載の自筆版画

へと還元しようとしている逆の演出家とでもいうべきだろう。彼が「真っ赤」になっているのは「吹きあげてくる熱気」のためばかりではない。そういう熱気と舞台の呪縛力のすべてをみずからの身体において受けとめ、みずからの身体を場としてそこで一切の要素分解を試みている。こちらの身体に働きかけてくるものの分析なのだから、彼の身体性それ自体が問題となるわけであり、そういう緊張が「穴」の縁の、「金色の円柱」に寄りそう「真っ赤」な直立像という性的メタファーで描かれるのも当然のことなのだ。(同じく後年に描いた版画に、上に図版として掲載したような劇場内部を示すものがある。このデフォルマシオンは明らかに女性性器を暗示していよう。ヴァレリーは若いときの作品を読み返して、ここの劇場内のムッシュー・テストの描写に性的要素を認めたのにちがいない。)

激しい緊張と内的闘争のあと、語り手を連れて帰宅したムッシュー・テストは床についておしゃべりをしているうちに、「身体が輝きだす瞬間」に、思わず苦痛の声を洩らす。意識の内的闘争の果てに、身体はその圧力に耐えきれず、苦痛はだんだん激しくなり、そういうなかで内部の「苦痛の幾何学」へと眼差を向けながら、彼はこう語るのだ、――「ひとりの人間に何ができるか？　わたしはあらゆるものと戦い、打ち負かします、――もっとも、ある量を超えた身体の苦しさは別ですがね」

ムッシュー・テストは、同じ言葉を調子を変えて繰り返している、――「ひとりの人間に何ができるか？……　ひとりの人間に何ができるかというんです！」はじめの一句は限界に向かって前進しようとしている彼の意志の現れであり、あとのほうは、その限界にぶつかったときの、自己確認の感覚の表出に他ならない。

そうやって果てにまで行きついたムッシュー・テストを前にして、語り手はまるではじきだされるようにして、テスト宅を辞する。小説全体の語り方から判断して、以後、語り手はムッシュー・テストと会ってはいない。

小説『ムッシュー・テストと劇場で』を書いたあと、ヴァレリーは依頼を受けて一篇の政治批評を書いただけで、まるでそれまでのカルチエ・ラタンの文学青年的な生活を清算するかのような結婚をして、ある老新聞人の個人秘書として生計を立てながら、あとは《カイエ》を書きつづけるというだけの静かな生活へと入っていった。

限られた数の友人たちとの交流、とにもかくにも穏やかな家庭生活、他方ではさまざまな領域にわたる思念や内界の探索を、ときには散文詩めいた掌篇を断片的に記して、素早く駈けぬける観念を書きとめる術にしだいに習熟してゆく。ときに何か深く複雑な作品の構想をもつこともあったが、その複雑さゆえに、あるいは完成と発表を意図しない彼自身の性向ゆえに、未完のまま捨ておかれる。こういう生活が十数年つづいた。

そして、ヴァレリーを高く買っていたアンドレ・ジッドが、『ムッシュー・テストと劇場で』や若いころの詩を一冊にまとめないかと申し出たのが契機となって、ふと書きだした詩が第一次大戦のあいだに大きくふくらみ、長詩『若きパルク』へと結実する。一九一七年に発表されたこの詩は多くの人びとから注目され、またしばらくぶりに内部の詩の水脈を掘りあてたヴァレリーのほうも、つぎつぎと詩を発表してゆき、それと雁行するように、一九二〇年ごろから依頼を受けて批評を書くことがふえていった。

まるでムッシュー・テストを地で行くような生き方をしていたヴァレリーが、このようにして「文学者」となるまでに何らかの転向あるいは決断があったのかどうかは、むずかしい問題である。だが、すくなくとも言えることは、作品を書くときのひらめきや熱中とは無関係に、それは、作品群のおびただしい量にもかかわらず、ヴァレリー自身がしばしば語っていたように、いやいやながらの「文学生活」であった。

《シークル・テスト》について

ヴァレリーは『若きパルク』によってたちまちに名声を博した。そして、『若きパルク』から『海辺の墓地』に到る一連の輝かしい詩、批評『アドニスについて』に見られる洗練された文体と明晰な論旨、そしてそこに託された文学的通念に対する激烈な攻撃、対話篇『エウパリノス』に高雅に語られた芸術論などによって一九二〇年ごろのヴァレリーは大きく注目を集め、評論集『ヴァリエテ』全五巻(一九二四―四四)、『現代世界の考察』(一九三一)、対話『固定観念』(一九三二)などによって、両次大戦間を代表する文学者となった。

『若きパルク』が発表されたころのパリでは、ステファヌ・マラルメの名はまだかぎられた一部で知られていたにすぎなかったとはいえ、マラルメにもっとも愛された若い才能が、その後何か知れぬ探究にふけるようにして文学界から姿を消し、十数年後に、いかにもマラルメを深く読んだと思わせる作品をもって輝かしく詩の世界に復帰してくる、――表面的な現象だけから言っても、そのような再登場は神話的である。再刊された『ムッシュー・テストと劇場で』を読んだ人びとが、そこに神話的なヴァレリーの登場を重ねあわせて、ムッシュー・テストのうちにほとんどヴァレリーの分身を見るように思ったとしてもふしぎではない。そしてヴァレリー自身のほうも、やがて文学界に復帰するための修練という意識はなかったとしても、長いあいだつづけられた《カイエ》の記述をとおして、まぎれもなく彼の兵器庫はゆたかなものとなり、彼の文体はみがきあげられていた。

それればかりではない。もともと内気さを覆いかくす自己韜晦《ミスティフィケーション》の傾向のつよかった彼は、みずからすすんで逆説的なムッシュー・テスト像に自分を重ねあわせた。自分の《カイエ》からの抜粋を『ムッシュー・テスト航海日誌抄』として発表したり、書簡体小説を、「ポール・ヴァレリーの手紙」とも、「ヴァレリーがムッシュー・テストに宛てた手紙」とも、あるいは「ムッシュー・テストがヴァレリーに宛てた手紙」とも決めがたいかたちで発表したりするのも、そうした自己韜晦《ミスティフィケーション》の現れである。《シークル・テスト》すなわち「テスト連作」という名で呼ばれることが多い『マダム・エミリー・テストの手紙』以下の一連の作品、とりわけ『マダム・エミリー・テスト』と『友の手紙』の二篇は、書くことにおいて自在の境地に達したヴァレリーが、まるでゲームのようにして自己韜晦《ミスティフィケーション》の蔭にかくれて本音を、より正確にはフィクション化された本音をひびかせた作品である。

『ムッシュー・テストと劇場で』の少々変わり者の独身男だったエドモン・テストは、『マダム・エミリー・テストの手紙』では妻帯者として登場している。『ムッシュー・テストと劇場で』におけるテストとどれくらい年齢の差があるのか判然としないが、妻エミリーの口をとおして語られた彼の横顔は、『ムッシュー・テストと劇場で』の時代のテストの像にじつに興味ふかい陰翳をあたえている。優雅な皮肉の調子、かろやかなエロティスム、とりわけ巻末の「日課の散歩」を語る部分はすばらしく、これは小傑作というにふさわしい。また、イギリスの作家キャサリン・マンスフィールドがヴァレリーに言ったと伝えられている「神なき神秘家」という言葉は、ヴァレリー自身かなり気に入っていたらしい。ついでに言い添えると、ヴァレリー夫人のジャニーは熱心なキリスト者で、彼女のかよった教会の司祭は「モッソン神父」ならぬ「コッソン神父」である。『友の手紙』の批評的な文体は、まさしくヴァレリー的な精神の活動の迅速さを示すものであり、同時代のパリのサロンと文壇に対する辛辣な批判は、同じヴァレリーの文明批評『現代世界の考察』の横に並べられてもいいだろう。

なお、ポール・ヴァレリーの全体像については、岩波文庫『ヴァレリー詩集』にある故佐藤正彰先生の的確で簡潔な文章を参照されたい。

標題の訳し方について

小説『ムッシュー・テストと劇場で』*La soirée avec Monsieur Teste* は、昭和七年の小林秀雄訳以来、ずっと「テスト氏との一夜」という訳題が行われてきた。このたび新訳を行うにあたって訳題をなぜ変えたかについて書いておく。

まず標題のなかの Monsieur Teste の、Monsieur という語について。サント＝ブーヴはその同時代作家論のなかで、いわば書き言葉における純然たる敬称として、たとえばバルザックを語るとき名前に Monsieur をつけて Monsieur de Balzac「ムッシュー・ド・バルザック」というふうに書いているが、このヴァレリーの作品における Monsieur Teste は、そういう「書き言葉での敬称」とはすこしちがう。

この小説のなかで、主人公 Monsieur Teste は、語り手「わたし」がカフェやレストランなどで知り合った人物としてまず紹介される。つまり、語り手は、日常の会話のなかで"Monsieur"という敬称をつけて呼びかけられている人物として、彼を知った。彼をカフェでよく見かけ、ギャルソンと話しているところを観察したと書いてあることから、ギャルソンが常連客の彼のことを"Monsieur Teste"と呼んでいるのをよく耳にしたと推定して、まずまちがいない。

「書き言葉」ではなく「話し言葉」のなかでの"Monsieur"、これは、ふつうなら「……さん」であり、「……氏」とは言わない。

さらに、"Monsieur"という言葉は、ただ「……さん」というだけではない。たしかに"Monsieur"は男性の苗字とともに用いられる一般的敬称であり、たとえば手紙の宛名書きにおいて日本語では「……様」と書くところにフランス語では Monsieur… と書くが、他方で、この語だけを単独に用いて、物腰や話し方が、教育を受けた、あるきちんとした身分の男性を指すという用法がある。そして、きちんとした身分の男性はしばしばしばもっともらしいことから、この語には、あえて言えば「ご立派な紳士」あるいは「おっさん」とでもなるような、わずかな軽蔑ないし喜劇的なニュアンスが加わることがある。別の角度から見れば、「ムッシュー」というのは、あるいは「ムッシュ ーだれそれ」という言い方は、英語の「ミスター」がそうであるように、まさしく「プチブル」の指示語である。

ダニエル・オステールという批評家の書いた「ムッシュー・ヴァレリー」という標題のヴァレリー論があるが、この本は文学者として功成り名とげたヴァレリーを、多様な面を備えたまるごとの人間として捉えようとした評論で、文学者ヴァレリーが社交界によく出入りするアカデミー・フランセーズ会員であったというような事情が、この「ムッシュー・ヴァレリー」という言い方にひそんでいる。すくなくとも、評論の標題をただたんに「ポール・ヴァレリー」とする場合とくらべると、対象とのあいだの距離には、ある多少とも批評的なものが生まれてくるはずだ。

（訳者の友人で京都にいる杉本秀太郎は、そういうニュアンスから、“Monsieur Teste”というのは、「テスト氏」じゃあなくて、京都弁で言えば「テストはん」だ、とあるところで書いている。）

さらにまた、“Teste”というのは、“tête”「頭」の古い綴り方で、ふつうの教養のあるフランス人なら“Teste”という語から“tête”「頭」という語を想い浮かべるだろう。とすれば、“Monsieur”と“Teste”との共存から皮肉な響き(京都弁で言えばおつむはいんか)を聴きとることはけっしてうがちすぎではあるまい。意識家ヴァレリーがそう考えてこの標題を決めたという推測は許されないものではないだろう。

それならば、La soirée avec Monsieur Testeという標題をどう訳すか。杉本の言うとおりだが、まさか標題で「テストはん」というのは使えない。たまたま、丸谷才一他訳のジョイスの『ユリシーズ』で、主人公レオン・ブルームをところどころで「ミスタ・ブルーム」と呼んでいるのを参考にして、日本語でこれをこのまま「ムッシュー・テスト」とすることは悪くない解決だろう。

つぎに、標題のなかのLa soiréeについて。これは語義的には劇場などでの夜の公演(昼の公演「マチネ」と対比的に)を意味し、ヴァレリーは小説のクライマックスをなすオペラ座観劇の情景に焦点を定めて、それを作品の標題とした。だから、この標題の意味を詳しく訳せば、「ムッシュー・テストと一緒に観た夜の公演」となろうが、これではあまりに長たらしいので、「ムッシュー・テストと劇場で」という訳題に落ち着いた。

作品の排列順について

五篇を集めたヴァレリー生前の合冊本では、冒頭に『序』を置いたあと、『ムッシュー・テストと劇場で』、『友の手紙』、『マダム・エミリー・テストの手紙』、『ムッシュー・テスト航海日誌抄』と、発表順に並べられていた。それが、ヴァレリーの死後の増補合冊本では『序』、『ムッシュー・テストと劇場で』、『マダム・エミリー・テストの手紙』、『ムッシュー・テスト航海日誌抄』、『友の手紙』と排列が変わり、そのあとに新たな増補テクストが来るというかたちになった。だが、内容的に判断して《シークル・テスト》の各篇の発表年代順をこわして並べ換えたこの排列順は不審だし、またヴァレリー自身の意志によるものとも思われない。（大戦直後のガリマール社の刊行物はずいぶんいい加減だった。）そこでここでは、ヴァレリーの意志による戦前の合冊本の排列順にのっとり、そのあとに戦後の増補テクストを添えるというかたちにした。

翻訳の底本について

§『序』

いわゆる『著作集』版 Paul Valéry : *Œuvres* B, éd. du Sagittaire, 1931 に収録のテクストを底本とし、最初の合冊本 Paul Valéry : *La soirée avec M. Teste*, Paris, Ronald Davis, 1926 所載のテクスト、および雑誌初出 *Commerce* IV, printemps 1925 所載のテクストを参照。

§『ムッシュー・テストと劇場で』

最初の合冊本 Paul Valéry : *La soirée avec M. Teste*, Paris, Ronald Davis, 1926 所載のテクストを底本とし、『著作集』版によっていくらか正した。他に雑誌 *Centaure* 第二号に初出のもの、および単行本初版 Paul Valéry : *La soirée avec M. Teste*, éd. de la Nouvelle Revue Française, 1919 を参照。『著作集』版を底本に選ばなかったのは、テクストにあまりに誤植が見られるからである。なお、初出雑誌および初版と、ここで底本にしたものとのあいだにはいくらかのテクスト上の異同があるが、訳出してあまり有意的なものとは思えなかったので取り上げなかった。

§『友の手紙』

『著作集』版に収録のテクストを底本とし、雑誌初出 *Commerce* I, été 1924 所載のテクストを参照した。(『著作集』版は誤植などが目立ち、かならずしも最良の版ではないが、ヴァレリー自身の眼をとおっていると推定できるし、現行のプレイアード版『著作集』もこれによっているので、『ムッシュー・テストと劇場で』はそれ以前に依拠に値いする版があったのでそれに拠ったが、それ以外では妥当な選択だろう。）

§『マダム・エミリー・テストの手紙』

同じく『著作集』版に収録のテクストを底本とし、雑誌初出 *Commerce* II, automne 1924 所載のテクストを参照。

§『ムッシュー・テスト航海日誌抄』

同じく『著作集』版に収録のテクストを底本とし、雑誌初出 *Commerce* VI, hiver 1925 所載のテクスト、前記のロナルド・デイヴィス社刊の合冊本『ムッシュー・テストと劇場で』――これは小説『ムッシュー・テストと劇場で』とこの『ムッシュー・テスト航海日誌抄』のみを収めており、言い換えれば『航海日誌抄』はこれが初版――を参照して、段落、句読点などを正した。ただし、この底本とした『著作集』版に含まれた断章にくらべ、雑誌初出の断章数はもっともすくなく、初版もそれよりは多いが、収録断章の排列に異同がある。

『ムッシュー・テストとの散歩』以降の五篇は、増補合冊本 Paul Valéry : *Monsieur*

Teste, nouvelle édition augmentée de fragments inédits, Gallimard, 1946 を底本とした。

翻訳に当たっては小林秀雄、粟津則雄両氏の先行訳を参照したが、とりわけ恒川邦夫氏の『ポール・ヴァレリー「テスト氏との一夜」――新訳の試みと訳注』(『一橋大学研究年報 人文科学研究』第二四巻、一九八五年所載)からは、ヴァレリー自身が「これを外国語に移そうと思うひとには、ほとんど乗りこえがたい困難をいろいろと示すにちがいない」と言っている本文解釈のうえでいろいろと教えられることが多かった。なお訳者は、村松剛、菅野昭正の両氏との共訳というかたちで一九六〇年に『ムッシュー・テスト』のうちの五篇の翻訳を発表したことがある。今回の訳文の一部がそれといくらか似ていることをお許しいただきたい。刊行にあたって細かく注意をはらってくださった文庫編集部の小口未散さんに感謝する。

二〇〇四年三月

清水　徹

ムッシュー・テスト　ポール・ヴァレリー作

2004年4月16日　第1刷発行
2022年7月27日　第12刷発行

訳　者　清《し》水《みず》　徹《とおる》

発行者　坂本政謙

発行所　株式会社 岩波書店
〒101-8002 東京都千代田区一ツ橋 2-5-5

案内 03-5210-4000　営業部 03-5210-4111
文庫編集部 03-5210-4051
https://www.iwanami.co.jp/

印刷・三秀舎　カバー・精興社　製本・松岳社

ISBN 4-00-325603-4　　Printed in Japan

読書子に寄す

――岩波文庫発刊に際して――

岩波茂雄

真理は万人によって求められることを自ら欲し、芸術は万人によって愛されることを自ら望む。かつては民を愚昧ならしめるために学芸が最も狭き堂宇に閉鎖されたことがあった。今や知識と美とを特権階級の独占より奪い返すことはつねに進取的なる民衆の切実なる要求である。岩波文庫はこの要求に応じそれに励まされて生まれた。それは生命ある不朽の書を少数者の書斎と研究室とより解放して街頭にくまなく立たしめ民衆に伍せしめるであろう。近時大量生産予約出版の流行を見る。その広告宣伝の狂態はしばらくおくも、後代にのこすと誇称する全集がその編集に万全の用意をなしたるか。千古の典籍の翻訳企図に敬虔の態度を欠かざりしか。さらに分売を許さず読者を繫縛して数十冊を強うるがごとき、はたしてその揚言する学芸解放のゆえんなりや。吾人は天下の名士の声に和してこれを推挙するに躊躇するものである。このときにあたって、岩波書店は自己の責務のいよいよ重大なるを思い、従来の方針の徹底を期するため、すでに十数年以前より志して来た計画を慎重審議この際断然実行することにした。吾人は範をかのレクラム文庫にとり、古今東西にわたって文芸・哲学・社会科学・自然科学等種類のいかんを問わず、いやしくも万人の必読すべき真に古典的価値ある書をきわめて簡易なる形式において逐次刊行し、あらゆる人間に須要なる生活向上の資料、生活批判の原理を提供せんと欲する。この文庫は予約出版の方法を排したるがゆえに、読者は自己の欲する時に自己の欲する書物を各個に自由に選択することができる。携帯に便にして価格の低きを最主とするがゆえに、外観を顧みざるも内容に至っては厳選最も力を尽くし、従来の岩波出版物の特色をますます発揮せしめようとする。この計画たるや世間の一時の投機的なるものと異なり、永遠の事業として吾人は微力を傾倒し、あらゆる犠牲を忍んで今後永久に継続発展せしめ、もって文庫の使命を遺憾なく果たさしめることを期する。芸術を愛し知識を求むる士の自ら進んでこの挙に参加し、希望と忠言とを寄せられることは吾人の熱望するところである。その性質上経済的には最も困難多きこの事業にあえて当たらんとする吾人の志を諒として、その達成のため世の読書子とのうるわしき共同を期待する。

昭和二年七月

《ドイツ文学》〔赤〕

- ニーベルンゲンの歌 全二冊　相良守峯訳
- 若きウェルテルの悩み　ゲーテ　竹山道雄訳
- ヴィルヘルム・マイスターの修業時代 全三冊　ゲーテ　山崎章甫訳
- イタリア紀行 全三冊　ゲーテ　相良守峯訳
- ファウスト 全二冊　ゲーテ　相良守峯訳
- ゲーテとの対話 全三冊　エッカーマン　山下肇訳
- スペインの太子 ドン・カルロス　シルレル　佐藤通次訳
- 改訳 オルレアンの少女　シルレル　佐藤通次訳
- ヒュペーリオン ―希臘の世捨人　ヘルデルリーン　渡辺格司訳
- 青い花　ノヴァーリス　青山隆夫訳
- 夜の讃歌・サイスの弟子たち 他一篇　ノヴァーリス　今泉文子訳
- 完訳 グリム童話集 全五冊　金田鬼一訳
- 黄金の壺　ホフマン　神品芳夫訳
- ホフマン短篇集　池内紀編訳
- O侯爵夫人 他六篇　クライスト　相良守峯訳
- 影をなくした男　シャミッソー　池内紀訳

- 流刑の神々・精霊物語　ハイネ　小沢俊夫訳
- 冬物語 ―ドイツ　ハイネ　井汲越次訳
- 芸術と革命 他四篇　ワーグナー　北村義男訳
- ブリギッタ・森の泉 他一篇　シュティフター　宇多五郎・高安国世訳
- みずうみ 他四篇　シュトルム　関泰祐訳
- 村のロメオとユリア　ケラー　草間平作訳
- 沈鐘　ハウプトマン　阿部六郎訳
- 地霊・パンドラの箱 ―ルル二部作　F・ヴェデキント　岩淵達治訳
- 春のめざめ　F・ヴェデキント　酒寄進一訳
- ゲオルゲ詩集　手塚富雄訳
- 花・死人に口なし 他七篇　シュニッツラー　番匠谷英一・山本有三訳
- リルケ詩集　高安国世訳
- ドゥイノの悲歌　リルケ　手塚富雄訳
- ブッデンブローク家の人びと 全三冊　トーマス・マン　望月市恵訳
- トオマス・マン短篇集　実吉捷郎訳
- 魔の山 全二冊　トーマス・マン　関泰祐・望月市恵訳
- トニオ・クレエゲル　トオマス・マン　実吉捷郎訳

- ヴェニスに死す　トオマス・マン　実吉捷郎訳
- 車輪の下　ヘルマン・ヘッセ　実吉捷郎訳
- 青春はうるわし 他三篇　ヘッセ　関泰祐訳
- 漂泊の魂 クヌルプ　ヘルマン・ヘッセ　相良守峯訳
- デミアン　ヘルマン・ヘッセ　実吉捷郎訳
- シッダルタ　ヘッセ　手塚富雄訳
- ルーマニア日記　カロッサ　高橋健二訳
- 若き日の変転　カロッサ　斎藤栄治訳
- 幼年時代　カロッサ　斎藤栄治訳
- 指導と信従　カロッサ　国松孝二訳
- ジョゼフ・フーシェ ―ある政治的人間の肖像　シュテファン・ツワイク　高橋禎二・秋山英夫訳
- 変身・断食芸人　カフカ　山下肇・山下萬里訳
- 審判　カフカ　辻瑆訳
- カフカ短篇集　池内紀編訳
- カフカ寓話集　池内紀編訳
- 三文オペラ　ブレヒト　岩淵達治訳
- 肝っ玉おっ母とその子どもたち　ブレヒト　岩淵達治訳

ドイツ炉辺ばなし集 —カレンダーゲシヒテン　ヘーベル　木下康光編訳

悪童物語　ルウドヰヒ・トオマ　実吉捷郎訳

ウィーン世紀末文学選　池内紀編訳

ティル・オイレンシュピーゲルの愉快ないたずら　阿部謹也訳

大理石像・デュランデ城悲歌　アイヒェンドルフ　関泰祐訳

チャンドス卿の手紙 他十篇　ホフマンスタール　檜山哲彦訳

ホフマンスタール詩集　川村二郎訳

インド紀行 全二冊　ボンゼルス　実吉捷郎訳

ドイツ名詩選　生野幸吉・檜山哲彦編

蝶の生活　シュナック　岡田朝雄訳

聖なる酔っぱらいの伝説 他四篇　ヨーゼフ・ロート　池内紀訳

ラデツキー行進曲 全二冊　ヨーゼフ・ロート　平田達治訳

暴力批判論 他十篇 —ベンヤミンの仕事1　ベンヤミン　野村修編訳

ボードレール 他五篇 —ベンヤミンの仕事2　ベンヤミン　野村修編訳

パサージュ論 全五冊　ヴァルター・ベンヤミン　今村仁司・三島憲一・大貫敦子・高橋順一・塚原史・細見和之・村岡晋一・山本尤・横張誠・與謝野文子・吉村和明訳

ジャクリーヌと日本人　ヤーコプ　相良守峯訳

人生処方詩集　エーリヒ・ケストナー　小松太郎訳

第七の十字架 全二冊　アンナ・ゼーガース　山下肇・新村浩訳

《フランス文学》〔赤〕

ロランの歌　有永弘人訳

ラブレー第一之書 ガルガンチュワ物語　渡辺一夫訳

ラブレー第二之書 パンタグリュエル物語　渡辺一夫訳

ラブレー第三之書 パンタグリュエル物語　渡辺一夫訳

ラブレー第四之書 パンタグリュエル物語　渡辺一夫訳

ラブレー第五之書 パンタグリュエル物語　渡辺一夫訳

ピエール・パトラン先生　渡辺一夫訳

日月両世界旅行記　シラノ・ド・ベルジュラック　赤木昭三訳

ロンサール詩集　ロンサール　井上究一郎訳

エセー 全六冊　モンテーニュ　原二郎訳

ラ・ロシュフコー箴言集　二宮フサ訳

ブリタニキュス ベレニス　ラシーヌ　渡辺守章訳

ドン・ジュアン —石像の宴　モリエール　鈴木力衛訳

完訳 ペロー童話集　新倉朗子訳

カンディード 他五篇　ヴォルテール　植田祐次訳

哲学書簡　ヴォルテール　林達夫訳

ルイ十四世の世紀 全四冊　ヴォルテール　丸山熊雄訳

フィガロの結婚　ボオマルシェエ　辰野隆訳

美味礼讃 全二冊　ブリアー‐サヴァラン　関根秀雄・戸部松実訳

アドルフ　コンスタン　大塚幸男訳

近代人の自由と古代人の自由・征服の精神と簒奪 他一篇　コンスタン　堤林剣・堤林恵訳

恋愛論 全二冊　スタンダール　杉本圭子訳

赤と黒 全二冊　スタンダール　桑原武夫・生島遼一訳

ゴプセック・毬打つ猫の店　バルザック　芳川泰久訳

艶笑滑稽譚 全三冊　バルザック　石井晴一訳

レ・ミゼラブル 全四冊　ユーゴー　豊島与志雄訳

死刑囚最後の日　ユーゴー　豊島与志雄訳

ライン河幻想紀行　ユーゴー　榊原晃三編訳

ノートル＝ダム・ド・パリ 全二冊　ユーゴー　辻昶・松下和則訳

モンテ・クリスト伯 全七冊　アレクサンドル・デュマ　山内義雄訳

三銃士 全二冊　デュマ　生島遼一訳

エトルリヤの壺 他五篇　メリメ　杉捷夫訳

カルメン	メリメ	杉　捷夫訳
愛の妖精（プチット・ファデット）	ジョルジュ・サンド	宮崎嶺雄訳
ボヴァリー夫人 全二冊	フローベール	伊吹武彦訳
感情教育 全二冊	フローベール	生島遼一訳
紋切型辞典	フローベール	小倉孝誠訳
サラムボー 全二冊	フローベール	中條屋進訳
未来のイヴ 全二冊	ヴィリエ・ド・リラダン	渡辺一夫訳
風車小屋だより	ドーデー	桜田　佐訳
月曜物語	ドーデー	桜田　佐訳
サフォ　パリ風俗	ドーデー	朝倉季雄訳
プチ・ショーズ　—ある少年の物語	ドーデ	原　千代海訳
少年少女	アナトール・フランス	三好達治訳
神々は渇く	アナトール・フランス	大塚幸男訳
テレーズ・ラカン 全二冊	エミール・ゾラ	小林　正訳
ジェルミナール 全三冊	エミール・ゾラ	安士正夫訳
獣人 全二冊	エミール・ゾラ	川口　篤訳
制作 全二冊	エミール・ゾラ	清水正和訳

水車小屋攻撃 他七篇	エミール・ゾラ	朝比奈弘治訳
氷島の漁夫	ピエール・ロチ	吉氷　清訳
マラルメ詩集		渡辺守章訳
脂肪のかたまり	モーパッサン	高山鉄男訳
メゾンテリエ 他三篇	モーパッサン	河盛好蔵訳
モーパッサン短篇選		高山鉄男編訳
わたしたちの心	モーパッサン	笠間直穂子訳
地獄の季節	ランボオ	小林秀雄訳
対訳ランボー詩集　—フランス詩人選(1)		中地義和編
にんじん	ルナアル	岸田国士訳
ぶどう畑のぶどう作り	ルナアル	岸田国士訳
博物誌	ルナール	辻　昶訳
ジャン・クリストフ 全四冊	ロマン・ローラン	豊島与志雄訳
トルストイの生涯	ロマン・ロラン	蛯原徳夫訳
ベートーヴェンの生涯	ロマン・ロラン	片山敏彦訳
ミケランジェロの生涯	ロマン・ロラン	高田博厚訳
フランシス・ジャム詩集		手塚伸一訳

三人の乙女たち	フランシス・ジャム	手塚伸一訳
背徳者	アンドレ・ジイド	川口　篤訳
法王庁の抜け穴	アンドレ・ジイド	石川　淳訳
精神の危機 他十五篇	ポール・ヴァレリー	恒川邦夫訳
若き日の手紙	フィリップ	外山楢夫訳
朝のコント	フィリップ	淀野隆三訳
シラノ・ド・ベルジュラック	ロスタン	辰野隆・鈴木信太郎訳
地底旅行	ジュール・ヴェルヌ	朝比奈弘治訳
八十日間世界一周	ジュール・ヴェルヌ	鈴木啓二訳
海底二万里 全二冊	ジュール・ヴェルヌ	朝比奈美知子訳
死霊の恋・ポンペイ夜話 他三篇	ゴーチエ	田辺貞之助訳
結婚十五の歓び		新倉俊一訳
火の娘たち	ネルヴァル	野崎　歓訳
パリの夜　—革命下の民衆	レチフ・ド・ラ・ブルトンヌ	植田祐次編訳
牝猫（めすねこ）	コレット	工藤庸子訳
シェリ	コレット	工藤庸子訳
シェリの最後	コレット	工藤庸子訳

生きている過去　レニエ　窪田般彌訳
ノディエ幻想短篇集　ノディエ　篠田知和基編訳
フランス短篇傑作選　山田稔編訳
シュルレアリスム宣言・溶ける魚　アンドレ・ブルトン　巖谷國士訳
ナジャ　アンドレ・ブルトン　巖谷國士訳
不遇なる一天才の手記　ヴォーヴナルグ　関根秀雄訳
ヂェルミニィ・ラセルトゥウ　ゴンクウル兄弟　大西克和訳
ジュスチーヌまたは美徳の不幸　サド　植田祐次訳
とどめの一撃　ユルスナール　岩崎力訳
フランス名詩選　安藤元雄　入沢康夫　渋沢孝輔編
繻子の靴　全二冊　ポール・クローデル　渡辺守章訳
A・O・バルナブース全集　全二冊　ヴァレリー・ラルボー　岩崎力訳
悪魔祓い　ル・クレジオ　高山鉄男訳
楽しみと日々　プルースト　岩崎力訳
失われた時を求めて　全十四冊　プルースト　吉川一義訳
子ども　全二冊　ジュール・ヴァレス　朝比奈弘治訳
シルトの岸辺　ジュリアン・グラック　安藤元雄訳

星の王子さま　サン＝テグジュペリ　内藤濯訳
プレヴェール詩集　小笠原豊樹訳

《イギリス文学》〔赤〕

ユートピア　トマス・モア　平井正穂訳
完訳カンタベリー物語　全三冊　チョーサー　桝井迪夫訳
ヴェニスの商人　シェイクスピア　中野好夫訳
十二夜　シェイクスピア　小津次郎訳
ハムレット　シェイクスピア　野島秀勝訳
オセロウ　シェイクスピア　菅泰男訳
リア王　シェイクスピア　野島秀勝訳
マクベス　シェイクスピア　木下順二訳
ソネット集　シェイクスピア　高松雄一訳
ロミオとジューリエット　シェイクスピア　平井正穂訳
リチャード三世　シェイクスピア　木下順二訳
対訳シェイクスピア詩集 —イギリス詩人選(1)　柴田稔彦編
から騒ぎ　シェイクスピア　喜志哲雄訳
言論・出版の自由 —アレオパジティカ 他一篇　ミルトン　原田純訳
失楽園　全二冊　ミルトン　平井正穂訳
ロビンソン・クルーソー　全二冊　デフォー　平井正穂訳

奴婢訓 他一篇　スウィフト　深町弘三訳
ガリヴァー旅行記　スウィフト　平井正穂訳
ジョウゼフ・アンドルーズ　全二冊　フィールディング　朱牟田夏雄訳
トリストラム・シャンディ　全三冊　ロレンス・スターン　朱牟田夏雄訳
ウェイクフィールドの牧師 —むだばなし　ゴールドスミス　小野寺健訳
幸福の探求 —アビシニアの王子ラセラスの物語　サミュエル・ジョンソン　朱牟田夏雄訳
マンフレッド　バイロン　小川和夫訳
対訳ブレイク詩集 —イギリス詩人選(4)　松島正一編
対訳ワーズワス詩集 —イギリス詩人選(3)　山内久明編
湖の麗人　スコット　入江直祐訳
キプリング短篇集　橋本槙矩編訳
対訳コウルリッジ詩集 —イギリス詩人選(7)　上島建吉編
高慢と偏見　全二冊　ジェーン・オースティン　富田彬訳
ジェイン・オースティンの手紙　新井潤美編訳
対訳テニスン詩集 —イギリス詩人選(5)　西前美巳編
虚栄の市　全四冊　サッカリー　中島賢二訳
床屋コックスの日記・馬丁粋語録　サッカレ　平井呈一訳

デイヴィッド・コパフィールド　全五冊　ディケンズ　石塚裕子訳
炉辺のこほろぎ　ディケンズ　本多顕彰訳
ボズのスケッチ 短篇小説篇　全二冊　ディケンズ　藤岡啓介訳
アメリカ紀行　全二冊　ディケンズ　伊藤弘之・下笠徳次・隈元貞広訳
イタリアのおもかげ　ディケンズ　伊藤弘之・下笠徳次・隈元貞広訳
大いなる遺産　全二冊　ディケンズ　石塚裕子訳
荒涼館　全四冊　ディケンズ　佐々木徹訳
鎖を解かれたプロメテウス　シェリー　石川重俊訳
ジェイン・エア　全二冊　シャーロット・ブロンテ　河島弘美訳
嵐が丘　全二冊　エミリー・ブロンテ　河島弘美訳
アルプス登攀記　全二冊　ウィンパー　浦松佐美太郎訳
アンデス登攀記　全二冊　ウィンパー　大貫良夫訳
テス　全二冊　ハーディ　井上宗次・石田英二訳
緑の木蔭 和蘭派田園画　トマス・ハーディ　阿部知二訳
緑の館 —熱帯林のロマンス　ハドソン　柏倉俊三訳
ジーキル博士とハイド氏　スティーヴンスン　海保眞夫訳
新アラビヤ夜話　スティーヴンスン　佐藤緑葉訳

南海千一夜物語　スティーヴンスン　中村徳三郎訳
若い人々のために 他十一篇　スティーヴンスン　岩田良吉訳
マーカイム・壜の小鬼 他五篇　スティーヴンソン　高松雄一・高松禎子訳
怪談 —不思議なことの物語と研究　ラフカディオ・ハーン　平井呈一訳
心 —日本の内面生活の暗示と影響　ラフカディオ・ハーン　平井呈一訳
ドリアン・グレイの肖像　オスカー・ワイルド　富士川義之訳
サロメ　ワイルド　福田恆存訳
嘘から出た誠　ワイルド　岸本一郎訳
童話集 幸福な王子 他八篇　オスカー・ワイルド　富士川義之訳
人と超人　バーナード・ショー　市川又彦訳
分らぬもんですよ　バアナード・ショウ　市川又彦訳
ヘンリ・ライクロフトの私記　ギッシング　平井正穂訳
南イタリア周遊記　ギッシング　小池滋訳
闇の奥　コンラッド　中野好夫訳
密偵　コンラッド　土岐恒二訳
コンラッド短篇集　中島賢二編訳
対訳 イエイツ詩集　高松雄一編

月と六ペンス　モーム　行方昭夫訳
人間の絆 全三冊　モーム　行方昭夫訳
サミング・アップ　モーム　行方昭夫訳
モーム短篇選 全二冊　行方昭夫編訳
アシェンデン —英国情報部員のファイル　モーム　中島賢二・岡田久雄訳
お菓子とビール　モーム　行方昭夫訳
ダブリンの市民　ジョイス　結城英雄訳
荒地　T・S・エリオット　岩崎宗治訳
悪口学校　シェリダン　菅泰男訳
オーウェル評論集　小野寺健編訳
パリ・ロンドン放浪記　ジョージ・オーウェル　小野寺健訳
カタロニア讃歌　ジョージ・オーウェル　都築忠七訳
動物農場 —おとぎばなし　ジョージ・オーウェル　川端康雄訳
対訳 キーツ詩集 —イギリス詩人選(10)　宮崎雄行編
キーツ詩集　中村健二訳
阿片常用者の告白　ド・クインシー　野島秀勝訳
20世紀イギリス短篇選 全二冊　小野寺健編訳

オルノーコ 美しい浮気女　アフラ・ベイン　土井治訳
イギリス名詩選　平井正穂編
タイム・マシン 他九篇　H・G・ウエルズ　橋本槇矩訳
解放された世界　H・G・ウェルズ　浜野輝訳
大転落　イヴリン・ウォー　富山太佳夫訳
回想のブライズヘッド 全二冊　イーヴリン・ウォー　小野寺健訳
愛されたもの　イーヴリン・ウォー　中村健二・出淵博訳
フォースター評論集　小野寺健編訳
白衣の女 全三冊　ウィルキー・コリンズ　中島賢二訳
対訳 ブラウニング詩集 —イギリス詩人選(6)　富士川義之編
灯台へ　ヴァージニア・ウルフ　御輿哲也訳
船出 全二冊　ヴァージニア・ウルフ　川西進訳
アーネスト・ダウスン作品集　南條竹則編訳
ヘリック詩鈔　森亮訳
フランク・オコナー短篇集　阿部公彦訳
たいした問題じゃないが —イギリス・コラム傑作選　行方昭夫編訳
英国ルネサンス恋愛ソネット集　岩崎宗治編訳

文学とは何か
——現代批評理論への招待 全二冊
テリー・イーグルトン
大橋洋一訳

D・G・ロセッティ作品集
南條竹則
松村伸一編訳

真夜中の子供たち 全二冊
サルマン・ラシュディ
寺門泰彦訳

《アメリカ文学》〔赤〕

- ギリシア・ローマ神話 付インド・北欧神話 — ブルフィンチ 野上弥生子訳
- 中世騎士物語 — ブルフィンチ 野上弥生子訳
- フランクリン自伝 — 松本慎一・西川正身訳
- フランクリンの手紙 — 蕗沢忠枝編訳
- スケッチ・ブック 全二冊 — アーヴィング 齊藤昇訳
- アルハンブラ物語 全二冊 — アーヴィング 平沼孝之訳
- ウォルター・スコット邸訪問記 — アーヴィング 齊藤昇訳
- エマソン論文集 全二冊 — 酒本雅之訳
- 完訳 緋文字 — ホーソーン 八木敏雄訳
- 哀詩 エヴァンジェリン — ロングフェロー 斎藤悦子訳
- 黒猫・モルグ街の殺人事件 他五篇 — ポオ 中野好夫訳
- 対訳 ポー詩集 —アメリカ詩人選(1) — 加島祥造編
- ユリイカ — ポオ 八木敏雄訳
- ポオ評論集 — 八木敏雄編訳
- 森の生活(ウォールデン) 全二冊 — ソロー 飯田実訳
- 市民の反抗 他五篇 — H・D・ソロー 飯田実訳
- 白鯨 全三冊 — メルヴィル 八木敏雄訳
- ビリー・バッド — メルヴィル 坂下昇訳
- ホイットマン自選日記 全二冊 — 杉木喬訳
- 対訳 ホイットマン詩集 —アメリカ詩人選(2) — 木島始編
- 対訳 ディキンソン詩集 —アメリカ詩人選(3) — 亀井俊介編
- 不思議な少年 — マーク・トウェイン 中野好夫訳
- 王子と乞食 — マーク・トウェーン 村岡花子訳
- 人間とは何か — マーク・トウェイン 中野好夫訳
- ハックルベリー・フィンの冒険 全二冊 — マーク・トウェイン 西田実訳
- いのちの半ばに — ビアス 西川正身訳
- 新編 悪魔の辞典 — ビアス 西川正身編訳
- ビアス短篇集 — 大津栄一郎編訳
- ヘンリー・ジェイムズ短篇集 — 大津栄一郎編訳
- あしながおじさん — ジーン・ウェブスター 遠藤寿子訳
- 荒野の呼び声 — ジャック・ロンドン 海保眞夫訳
- どん底の人びと —ロンドン1902 — ジャック・ロンドン 行方昭夫訳
- ノリス 死の谷 マクティーグ 全二冊 — 石田英二・井上宗次訳
- 熊 他三篇 — フォークナー 加島祥造訳
- 響きと怒り 全二冊 — フォークナー 平石貴樹・新納卓也訳
- アブサロム、アブサロム! 全二冊 — フォークナー 藤平育子訳
- 八月の光 全二冊 — フォークナー 諏訪部浩一訳
- オー・ヘンリー傑作選 — 大津栄一郎訳
- 黒人のたましい — W・E・B・デュボイス 木島始・鮫島重俊・黄寅秀訳
- フィッツジェラルド短篇集 — 佐伯泰樹編訳
- アメリカ名詩選 — 亀井俊介・川本皓嗣編
- 魔法の樽 他十二篇 — マラマッド 阿部公彦訳
- 青白い炎 — ナボコフ 富士川義之訳
- 風と共に去りぬ 全六冊 — マーガレット・ミッチェル 荒このみ訳
- 対訳 フロスト詩集 —アメリカ詩人選(4) — 川本皓嗣編
- とんがりモミの木の郷 他五篇 — セアラ・オーン・ジュエット 河島弘美訳

岩波文庫の最新刊

シェリング著／西川富雄・藤田正勝監訳
学問論
ドイツ観念論の哲学者シェリングが、国家による関与からの大学の自由、哲学を核とした諸学問の有機的な統一を説いた、学問論の古典。
〔青六三一-一〕　定価一〇六七円

森鷗外作
大塩平八郎 他三篇
表題作の他、「護持院原の敵討」「堺事件」「安井夫人」の鷗外の歴史小説四篇を収録。詳細な注を付した。（注解・解説＝藤田覚）
〔緑六-一二〕　定価八一四円

……今月の重版再開……

十川信介編
藤村文明論集
〔緑二四-六〕　定価九三五円

辻善之助著
田沼時代
〔青一四八-一〕　定価一〇六七円

定価は消費税 10% 込です　2022. 4